A. DE MARGON

LAS

FÈSTOS

DEL FELIBRIGE

POÈME

EN VERS LANGUEDOCIENS

avec traduction française en regard

suivi de

QUELQUES VERS FRANÇAIS

MONTPELLIER

IMPRIMERIE CENTRALE DU MIDI

(Hamelin Frères)

—

1887

LAS FESTOS

DEL FELIBRIGE

A. DE MARGON

LAS

FÈSTOS

DEL FELIBRIGE

POÉME

EN VERS LANGUEDOCIENS

avec traduction française en regard

suivi de

QUELQUES VERS FRANÇAIS

MONTPELLIER
IMPRIMERIE CENTRALE DU MIDI
(Hamelin Frères)

1887

Repapiage-Avant-Prepaus

REPAPIAGE-AVANT-PREPAUS.

L'artisan qu'essajo de faire
Un mestié que n'o pas aprés,
L'escriban que se fo troubaire
Per canta so que sap pas gaire,
Fòu un trabal que val pas res.

Iéu, per counta las felibrados
Qu'en l'an de Dieu quatre-vingt-tres
Lous troubaires hòu celebrados
Am tant de poumpo à Mountpelié,
Havió pla bouno fantasié
D'invouca la Muso roumano,
La dousso e bello soubeirano
Qu'inspiravo lous troubadours,
Qu'ambé tant de gracio cantavo

RADOTAGE-AVANT-PROPOS

———

L'artisan qui essaye de faire
Un métier qu'il n'a pas appris,
L'écrivain qui se fait trouvère
Pour chanter ce qu'il ne sait guère,
Font un travail qui ne vaut rien.

Moi, pour conter les félibrées
Qu'en l'an de Dieu quatre-vingt-trois
Les trouvères ont célébrées
Avec tant de pompe à Montpellier,
J'avais bien bonne envie
D'invoquer la Muse romane,
La douce et belle souveraine
Qui inspirait les troubadours,
Qui chantait avec tant de grâce

E, dins las cours seignourejavo
Lous reis, las damos, lous amours,
Mais que pus tard descourounado,
Al pichot pople abandounado,
Vieuso de glòrio e de grandou,
De jour en jour descoulourado,
Havió perdut gracio e frescou
E s'atudavo desflourado,
Quand, ambé toutos sas hounous,
Lous felibres l'òu revieurado
E vestido de bellos flous.

Es, tourna, gènto e pouderouso,
Sa glòrio pertout s'espandis,
E sa vouès ardènto e courouso
Dins lou mounde entiè restoundis.
Sus soun frount que tourna raiouno,
Sous adouratous òu remés
Lou lauriè d'or e la courouno
Que lou temps ingrat i'avió prés.

Mais, per l'invouca cal coumprene
Soun parla tant dous e tant bèl,
E iéu, pecaire ! sioi tant vièlh

Et, dans les cours, était la reine
Des rois, des dames, des amours,
Mais qui plus tard découronnée,
Au petit peuple abandonnée,
Veuve de gloire et de grandeur,
De jour en jour décolorée,
Avait perdu grâce et fraîcheur
Et s'éteignait étiolée,
Quand, avec tous ses honneurs,
Les félibres l'ont ravivée
Et revêtue de belles fleurs.

Elle est de nouveau belle et puissante,
Sa gloire partout se répand,
Et sa voix ardente et gracieuse
Dans le monde entier retentit.
Sur son front, qui de nouveau rayonne,
Ses adorateurs ont remis
Le laurier d'or et la couronne
Que le temps ingrat lui avait pris.

Mais, pour l'invoquer il faut comprendre
Son parler si doux et si beau ;
Et moi, hélas! je suis si vieux

Qu'ai ni temps, ni cor per l'aprene
E lou couneissi tout-escas.
Atabé, coumo poudió pas
Haveire l'espèro d'oubtène
D'aquelo rèino las favous,
Hai causit lou patoués qu'aimavi
E qu'ambé mous camaradous,
Quand èri jouvenet, parlavi,
Al gènt vilajou de Margoun,
Poulit endrech qu'o per deveso :
Pichoto vilo, grand renoun.
Aqui la font rajo tebeso
En hivèr e fresco en estieu.
Tout lou mounde i' o lou cap vieu,
Mais lou cor bou. Ieu i nasquèri ;
Se Dieus o vol, i mourirai.
I'ai uno plasso al cementèri
Ras de lous qu'ai aimat lou mai.

A la sourtido del vilage
Es un risent e verd bousquet,
Ount doussoment joust lou fuelhage
Cascarelejo un rieu fresquet.
Lou dimenche aqui la jouinesso,
A las bolos, après la messo,

Que je n'ai ni temps, ni cœur pour l'apprendre
Et je le connais à peine.
Aussi, comme je ne pouvais
Avoir l'espoir d'obtenir
De cette reine les faveurs,
J'ai choisi le patois que j'aimais
Et qu'avec mes petits camarades
Je parlais, quand j'étais tout jeune,
Au joli village de Margon,
Lieu charmant qui a pour devise :
Petite ville, grand renom.
La fontaine, là, coule tiède
En hiver et fraîche en été.
Tout le monde y a la tête vive,
Mais le cœur bon ; j'y naquis,
Et, si Dieu le veut, j'y mourrai.
J'y ai une place au cimetière
Auprès de ceux que j'ai le plus aimés.

A la sortie du village
Est un riant et vert bosquet,
Où doucement sous le feuillage
Babille un petit ruisseau frais.
Là, le dimanche, la jeunesse
Aux boules, après la messe,

Jogo à l'oumbro, en fintan des èlhs
Las graciousos doumaiseletos
Que, supèrbos dins sas teletos,
Se passejou joust lous ramèls.
Se li vei de pla poulits mourres,
Fresques, èlh vieu e l'er tant dous,
Qu'on lous manjarió de poutous.

E pèi, s'on mounto daus las tourres,
A l'oumbro del vièlh castelas,
Sou las *banastos*[1] renoumados
E per lous sicles negrejados,
Ount lous vièlhs, amb'un cacalas,
Mandam lous estrangiés barjaires
Estudia per veni sabans.
Mais, amai seguem galejaires,
Entre nautres sem toutes fraires,
Lous jouves sou nostres efans ;
E, s'èro pas la poulitico,
Aquelo masco frenetico
Que s'engulho coumo un furet
Dins toutes lous traucs e s'applico,
Lou jour ount dins l'urno civico
Se porto lou vote secrèt,
A jita, pertout, lou desaire,

Joue à l'ombre en jetant des regards furtifs
Sur les gracieuses petites demoiselles
Qui, superbes dans leurs toilettes,
Se promènent sous les rameaux.
On y voit de bien jolis minois,
Frais, l'œil vif et l'air si doux,
Qu'on les mangerait de baisers.

Et puis, si on monte vers les tours,
A l'ombre du vieux grand château
Sont les *banastes* renommées
Et par les siècles noircies,
Où les vieux, avec un éclat de rire,
Nous envoyons les étrangers hâbleurs
Etudier pour devenir savants.
Mais, quoique nous soyons gouailleurs,
Entre nous, nous sommes tous frères,
Les jeunes sont nos enfants;
Et, si ce n'était la politique,
Cette sorcière frénétique
Qui se glisse comme un furet
Dans tous les trous et s'applique,
Le jour où dans l'urne civique
Se porte le vote secret,
A jeter partout le désarroi,

A treboula tout, en un mot,
A broulha la sorre am lou fraire,
E lou paire am l'efant, se pot,
Seriam toutes qu'uno familho.

Ount sioi, moun Dieu ?.. m'escusarés,
Quand on es vièlhs, on repapilho.
Vési que lou plasé qu'ai prés
A vous parla de moun vilage
M'o destourbat de moun oubrage.
I reveni... Coumo sabès,
Havió mes dins ma pauro tèsto
De faire un pouèmo patoués,
Per canta la supèrbo fèsto
Qu'òu celebrado à Mountpelié
Lous felibres am tant de glòrio.
De ma part, èro uno foulié,
La couneissió que per l'istòrio,
Per lous libres e lou retrat
Qu'ambé sa gracio tant requisto,
La *Revisto* i'o counsacrat ;
Mais, pecaire ! l'avió pas visto.

Cado fes que la Cour d'amour
S'es acampado en nostr' entour,

A tout troubler, en un mot,
A brouiller la sœur et le frère,
Et le père et le fils, si elle peut,
Nous ne serions qu'une famille.

Où suis-je, mon Dieu?... vous m'excuserez ;
Quand on est vieux, on radote.
Je vois que le plaisir que j'ai pris
A vous parler de mon village
M'a détourné de mon ouvrage.
J'y reviens. Comme vous savez,
J'avais mis dans ma pauvre tête
De faire un poëme patois
Pour chanter la superbe fête
Qu'ont célébrée à Montpellier
Les félibres avec tant de gloire.
C'était folie de ma part,
Je ne la connaissais que par l'histoire,
Par les livres et le récit
Qu'avec sa grâce si exquise,
La *Revue* lui a consacré ;
Mais, hélas ! je ne l'avais pas vue.

Chaque fois que la Cour d'amour
S'est réunie dans nos environs,

Quauco malautié mal vengudo
Ou quauco doulourouso mort
M'òu claustrat dins ma soulitudo
Ambé de lagremos al cor,
E malgagno ou dol de familho
M'òu toujour privat de douna
Moun cop de fourcheto al dinna,
Moun cop de lengo à la sesilho

Coumo jamai li sioi estat,
S'en countan ce que sapio gaire
Hai quicom de trop inventat,
Jamai noun ai vourgut ou faire,
Per malisso ou per falsetat :
Mescla la fablo à la vertat
Es toujour permés al troubaire.
E s'ai ajustat al repas
Supèrbe de la Mantenenso,
Uno coupo que i'èro pas,
Es pas fauto de counscienso.
Oh ! noun jamai m'acusaròu
D'essaja de basti de nòu
Am de messorgos nostro istòrio
E, subre-tout, de me fa glòrio
D'escrieure sus la religieu

Quelque maladie mal venue
Ou quelque mort douloureuse
M'ont cloîtré dans ma solitude,
Avec des larmes dans le cœur ;
Et souffrance ou deuil de famille
M'ont toujours privé de donner
Mon coup de fourchette au dîner,
Mon coup de langue à la séance.

Comme je n'y ai jamais été,
Si, en racontant ce que je ne savais guère,
J'ai inventé quelque chose de trop,
Je n'ai jamais voulu le faire
Par malice ou par fausseté.
Mêler la fable à la vérité
Est toujours permis au trouvère ;
Et si j'ai ajouté au repas
Superbe de la Maintenance
Une coupe qui n'y était pas,
Ce n'est pas faute de conscience.
Oh ! jamais on ne m'accusera
D'essayer de bâtir à neuf
Notre histoire avec des mensonges,
Et surtout de me faire gloire
D'écrire sur la religion

Per dire que lou Christ salvaire,
Lou crucificat del Calvaire,
N'èro qu'un home e n'es pas Dieu.
Acò 's pamens uno methodo
Que fo lèu la reputacieu
E que voudriòu metre à la modo
Quauques famouses escribans,
De grands singes filhs glouriouses,
E pedagogos pouderouses,
Mai que Nostre-Segne sabans.
Hòu tant d'esprit, de goust e d'irme,
Que fòu de libres mai e mai
Sus ce que noun saupròu jamai
Sans aprene lou catechirme.

Avant d'entaula moun trabal,
Coumo lou francés descoulouro
Nostre poulit parla mairal
Dempèi cent ans e lou desflouro,
L'abastardis e l'apauris,
Iéu que sioi à péno apendris,
De pòu de fa de soulecismes
Amai belèu de barbarismes,
Al grand felibre d'Avignoun
Escriguèri que me mandèsso

Pour dire que le Christ sauveur,
Le crucifié du Calvaire
N'était qu'un homme et n'est pas Dieu.
C'est là pourtant une méthode
Qui fait bientôt la renommée
Et que voudraient mettre à la mode
Quelques fameux écrivains,
De grands singes descendants glorieux
Et puissants pédagogues,
Plus que Notre-Seigneur savants.
Ils ont tant d'esprit, de goût et de bon sens,
Qu'ils font des livres plus et plus
Sur ce qu'ils ne sauront jamais
Sans apprendre le catéchisme.

Avant de commencer mon travail,
Comme le français décolore
Notre joli langage maternel
Depuis cent ans et le déflore,
L'abâtardit et l'apauvrit,
Moi, qui suis à peine apprenti,
De peur de faire des solécismes,
Peut-être même des barbarismes,
Au grand félibre d'Avignon
J'écrivis pour qu'il m'envoyât

Quauque libre ounte s'aprenguèsso
Coussi se parlavo à Margoun
I'o cent ans. Dins moun epistolo,
Disió qu'avió besoun d'escolo
Coumo lous pus pichots efans,
E que pamens dins quauques meses
Haurai sul cap quatre-vingts ans ;
Qu'aqueles ans lous avió meses,
Lous pus regretats à-z-aima,
Lous pus noumbrouses à fuma,
En mandan daus lou cièl, fin qu'aro,
L'ense proufano del cigaro.
Dins sa barbo saique riguèt
Lou felibre fin galejaire,
E dins sa respounso escriguèt :
A moun *respectable* counfraire.
Urous d'aveire pouscut faire
Rire un pauc lou Cascarelet,
En me gaien de sas pensados,
D'un fum de lignos cadensados
Coumencèri lou chapelet.
E lèu, sourtits de ma cervello,
De vèrses uno kiriello,
L'un drech, l'autre engarramachat,
Joust ma plumo agèrou rajat.

Un livre où je pusse apprendre
Comment on parlait à Margon
Il y a cent ans. Dans mon épître,
Je disais que j'avais besoin d'école
Comme les plus petits enfants,
Et que cependant dans quelques mois
J'aurai sur la tête quatre-vingts ans ;
Que ces années je les avais employées,
Les plus regrettées à aimer,
Les plus nombreuses à fumer,
En envoyant vers le ciel jusqu'à présent,
L'encens profane du cigare.
Dans sa barbe sans doute il rit
Le félibre fin gouailleur,
Et dans sa réponse il écrivit :
A mon *respectable* confrère.
Heureux d'avoir pu faire
Rire un peu le Cascarelet,
En m'égayant de ses pensées,
D'une quantité de lignes cadencées
Je commençai le chapelet,
Et bientôt, sortis de ma cervelle,
De vers une kyrielle,
L'un droit, l'autre mal jambé,
Sous ma plume eurent coulé.

2.

Moun pouëmo fach, l'esculléri,
Pèi, à-n-un amic lou mandèri,
Per aveire soun sentiment.
Aquel amic es un sabent,
Un autou qu'o fach de bèls libres,
Mèstre ounourat tre lous felibres,
Troubaire aimat e president.
En amic ple de courtesìo,
Sus moun obro e ma pouesìo
Me faguèt un bèl coumpliment.
Iéu, en legiguen soun epitre,
Me couflavi coumo un pabou..
Garo, garo al darrié chapitre:
A res jamai l'orgulh n'es bou.
Mouquet, lous brasses me toumbèrou,
Tout moun espèr s'esvaliguèt,
Moun nas d'un grand pan s'alounguèt,
Mous èlhs enfiocats s'atudèrou.

Amb' estrambord avió cantat
Uno bello coupo daurado,
Majo coupo, santo, sacrado,
Ount, en pourtan uno santat
Amb' aquel vi.de Bachelèri

Mon poëme fait, je le mis au net,
Puis à un ami je l'envoyai
Pour avoir son avis.
Cet ami est un savant,
Un auteur qui a fait de beaux livres,
Maître honoré au milieu des félibres,
Trouvère aimé et président.
En ami plein de courtoisie,
Sur mon œuvre et ma poésie
Il me fit un beau compliment.
En lisant son épitre,
Je me gonflai comme un paon ;
Gare, gare au dernier chapitre :
Jamais à rien l'orgueil n'est bon.
Tout confus, les bras me tombèrent,
Tout mon espoir s'évanouit ;
Mon nez d'un grand pan s'allongea,
Mes yeux enflammés s'éteignirent.

Avec enthousiasme j'avais chanté
Une belle coupe dorée,
Coupe grande, sainte, sacrée,
Où, en portant une santé
Avec ce vin de Bachelèri

Qu'o celebrat ambé transport
Lou troubaire de Waterford,
E que fo lou felibre lèri
Cantaire coumo lous aucèls,
Lou cor laugié mai l'esprit linde,
Cadun venió dire soun brinde.

Aquelo coupo èro à mous èlhs
Lou symbolo de l'allienso
Que ligo lous poples latis,
La sourso ount se pren l'appetis
D'uno fecoundo frairenenso,
E l'apelavi, tour à tour,
Ou font de glòrio ou font d'amour.
Sus tout moun pouëmo rajavo,
E de soun perfum l'embaumavo.

Lous troubaires qu'aissò veiròu,
En sounden soun cor coumprendròu
L'orro doulou que sentiguèri
Quand, dins la letro, legiguèri
Qu'à Mountpelié n'i' avió pas ges
De coupo... M'estabaniguèri.
Revengut à iéu, me diguèri :
Malhur! moun trabal val pas res ;

Qu'a célébré avec transport
Le trouvère de Waterford,
Et qui fait le félibre joyeux
Chanteur comme les oiseaux,
Le cœur léger et l'esprit dégagé,
Chacun venait dire son toast.

Cette coupe était à mes yeux
Le symbole de l'alliance
Qui unit les peuples latins,
La source où se prend le désir
D'une féconde fraternelle alliance,
Et je l'appelais tour à tour
Et fontaine de gloire et fontaine d'amour.
Sur tout mon poëme elle déversait
Et l'embaumait de son parfum.

Les trouvères qui ceci verront,
En sondant leur cœur comprendront
L'horrible douleur que j'éprouvai,
Lorsque je lus dans la lettre
Qu'à Montpellier il n'y avait point
De coupe... Je m'évanouis.
Revenu à moi, je me dis :
Malheur ! mon travail ne vaut rien,

Moun pouëmo es un cor sans amo,
Un calel sans lum e sans flamo
Fauto d'òli. Que ne farai?
Moun Dieu! moun Dieu! lou rullarai.
En i pensan, moun cor sannavo
E tout en iéu se soullevavo.
Lou brulla! jamai n'ou pourrai.

Acò 's l'efan de ma pensado,
Moun Gustou, moun prumié nascut,
L'anjounet que la Muso aimado
De moun vilage, à la velhado,
En m'inspiran o councegut,
L'espèro de ma renoumado.
Ero, à mous èlhs, tant pla vengut,
Tant degourdidet per soun age.
N'aurai jamai aquel courage.

Lou metrai dins un tiradou.
Aqui, soulet dins un cantou,
Amb quauques coumpagnous franceses
Qu'entendou pas lou margounés
E lou creiròu un tounkinés.
Vieuro belèu quauques loungs meses,
Triste toujour, toujour entr'el,

Mon poëme est un corps sans âme,
Une lampe sans lumière et sans flamme,
Faute d'huile. Qu'en ferai-je?
Mon Dieu! mon Dieu! je le brûlerai.
A cette pensée mon cœur saignait
Et tout en moi se soulevait.
Le brûler! jamais je ne le pourrai.

C'est l'enfant de ma pensée,
Mon petit Auguste, mon premier-né,
Le petit ange que la Muse aimée
De mon village, à la veillée,
A conçu en m'inspirant,
L'espoir de ma renommée.
Il était, à mes yeux, si bien venu,
Si éveillé pour son âge;
Je n'aurai jamais ce courage.

Je le mettrai dans un tiroir,
Là, seul dans son coin,
Avec quelques compagnons français
Qui ne comprennent pas le margonnais
Et le croiront un tonkinois.
Il vivra peut-être quelques longs mois
Triste, toujours, toujours concentré en lui-même,

Sans jamai vèire lou soulel
Ni lou cièl blu, ni las estellos,
Ni prats, ni flous, ni doumaisellos,
Res de ce qu'enflambo lou cor,
Res de ce que dono à l'aimaire
La pouesìo, l'estrambor,
L'ingèni que fòu lou troubaire ;
Sans cap de libre, sans journal,
Sans saupre un mot de poulitico,
Sans se douta qu'en republico
Tout lou mounde en Franso es egal,
Qu'assassins, braves gens e laires,
Hòu toutes, guses, deputats,
Drech pare d'èstre respectats,
Coumo coumpagnous e bouns fraires ;
Sauve pamens lou clerical,
Paure innoucent qu'o la bestiso
De creire en Dieus, e la soutiso
De jamai voudre fa lou mal.

Antal s'escoularo sa vido.
Quauque tems saique dourmiro,
Mais lèu, coumo uno èrbo malcido
Que, sans soulel, mouris transido,
De jour en jour se malciro,

Sans jamais voir le soleil,
Ni le ciel bleu, ni les étoiles,
Ni prés, ni fleurs, ni demoiselles,
Rien de ce qui enflamme le cœur,
Rien de ce qui donne à l'homme qui aime
La poésie, l'enthousiasme,
Le génie, qui font le trouvère ;
Sans aucun livre, sans journal,
Sans savoir un mot de politique,
Sans se douter qu'en république
Tout le monde en France est égal,
Qu'assassins, honnêtes gens et voleurs,
Ont tous, gueux ou députés,
Mêmes droits d'être respectés
Comme compagnons et bons frères ;
Hormis cependant le clérical,
Pauvre idiot qui a la bêtise
De croire en Dieu, et la sottise
De ne jamais vouloir faire le mal.

Ainsi s'écoulera sa vie.
Quelque temps peut-être il dormira ;
Mais bientôt, comme une herbe flétrie
Qui, sans soleil, meurt glacée,
De jour en jour il s'affaiblira,

E de ratugos afamados
Per quauque trauc sus el vendròu,
Sas dents pounchudos azugados,
E tout vieu lou rousigaròu ;
Pèi, lous vèrmes l'acabaròu.

Horre ! sul cop me revoultèri,
E de touto ma voues cridèri :
Qu'age pas pòu ! lou gardarai !
Contro toutes l'apararai !
Que vengue d'ardidos ratugos,
Fa sus el obro de sansugos,
Joust mous pèds las espoutirai !

Serò pas dich, ma Muso bello,
Muso de Margoun, moun amour,
Qu'as fach de iéu un troubadour,
Qu'aurem sacrat uno escudello,
Travalhat ensem nèit e jour,
Suzat, crusat nostro cervello,
Fach milo vèrses inspirats
Per la glòrio meravilhouso
D'aveire assadoulat de rats
Amb' uno viando sayourouso.

Et des souris affamées
Par quelques trous sur lui viendront,
Leurs dents pointues aiguisées,
Et tout vif le rongeront ;
Puis les vers l'achèveront.

Horreur! soudain je me révoltai
Et de toute ma voix je criai:
Qu'il n'ait pas peur, je le garderai !
Contre tous je le défendrai !
Qu'il vienne de hardies souris
Sur lui faire œuvre de sangsues,
Sous mes pieds je les écraserai !

Il ne sera pas dit, ma Muse belle,
Muse de Margon, mon amour,
Qui as fait de moi un troubadour,
Que nous aurons sacré une écuelle,
Travaillé ensemble nuit et jour,
Sué, creusé notre cervelle,
Fait mille vers inspirés,
Pour la gloire admirable
D'avoir rassasié des rats
Avec une viande savoureuse.

Nàni, l'efan serviro_ \ss,
A-n-aquel bestial, de repas.

Coumo soun cor sa lengo es netto,
E, s'o countat quauco sournetto,
Mantenurs, felibre ou debió!
Es per amaga, se poudió,
As èlhs del mounde vostro fauto.
Acusas-lou tant que voudrés,
Digas qu'es mentur, pauc s'en chauto!
Lou carpan que li bailarés
Reboumbiro sus vostro gauto,
E, segu, l'ausirés tinda!
Pertout ount i'o felibrejado,
Al dessèrt, après la dinnado,
Cal uno coupo per brinda.
La cal à touto Mantenenso.
Lous grands felibres de Prouvenso
N'òu habut uno lous prumiés,
Èro de drech. Lous de Beziés
Habem la bello de Bistagno,
E brindam, aissi-sem, sans cagno,
Amb' estrambord, coumo lous d'Ais,
En pintan lou tokai d'Azais.

Non, l'enfant ne servira pas
De repas à ce bétail!

Comme son cœur sa langue est pure,
Et, s'il a conté quelques sornettes,
Mainteneurs, félibre il le devait,
Oui, pour cacher s'il le pouvait,
Aux yeux du monde votre faute.
Accusez-le tant que vous voudrez,
Dites qu'il est menteur, il s'en moque!
Le soufflet que vous lui donnerez
Rebondira sur votre joue,
Et, certes, vous l'entendrez retentir.
Partout où il y a félibrée,
Au dessert, après le banquet,
Il faut une coupe pour brinder.
Il en faut à toute Maintenance.
Les grands félibres de Provence
En ont eu une les premiers,
C'était de droit; ceux de Béziers,
Nous avons la belle de Bistagne
Et nous brindons sans relâche et sans paresse,
Avec entrain comme ceux d'Aix,
En savourant le tokai d'Azaïs.

Qu'o fach de mal l'efan ? per veire. —
— Aimo la coupo, ahis lou veire. —
— Aimo la coupo per brinda,
E lou veire per lou vida
Amb'uno galoio coumpagno,
E lou laissa vide jamai,
Quand es ple de vi de champagno.
Que dirés encaro de mai ? —
— De sournetos qu'es grand countaire,
E qu'à peno escapat del nis,
Am l'ourgulh de se fa troubaire,
Parlo sens saupre ce que dis : —
— Cal be que tèngue de soun paire. —
— Per acò sioi de vostre avis.
Es pas vergougno qu'à soun age
Apèle tapajurs, groumans,
D'illustres pouètos roumans ? —

— Un mot per rire d'un mainage
Ouffenso pas un ome sage.
Pèi se sap que sou pas feignans
A taulo, nostres grands felibres.
Que gens de goust et d'appetis,
Quand hòu trabalhat à sous libres,

Qu'a fait de mal l'enfant ? voyons.
— Il aime la coupe, il hait le verre.
— Il aime la coupe pour *brinder*
Et le verre pour le vider
Avec une joyeuse compagnie
Et ne le laisser jamais vide
Quand il est plein de vin de Champagne.
Que direz-vous encore de plus ? —
— Qu'il est grand conteur de sornettes
Et qu'à peine échappé du nid,
Avec l'orgueil de se faire trouvère,
Il parle sans savoir ce qu'il dit :
— Il faut bien qu'il ressemble à son père.
— Pour cela je suis de votre avis.
N'est-ce pas une honte qu'à son âge
Il appelle tapageurs, gourmands,
D'illustres poëtes romans ?

— Un mot pour rire d'un petit enfant
N'offense pas un homme sage.
D'ailleurs on sait qu'ils ne sont pas fainéants
A table, nos grands félibres ;
Que, gens de goût et d'appétit,
Quand ils ont travaillé à leurs livres;

Desprèzou pas lous bous boucis,
Que lous escampou pas as chis
E qu'aimou mai à sa dinnado
Un perdigal qu'uno arencado.
Anas toujour ; crentes pas res ;
Vous ajudi. Saique dirés·
Que seguis l'ancienno methodo,
Que sa méso es pas à la modo,
Qu'à sous mantous souvent usats
Se vei pas un floc de dentello.
Belèu que porto la flanello,
Que sous pèusses sou mal frisats
E sa lengo pas prou daurado.
Ou vòli. Me semblo, pamens,
Que sa bouqueto es prou sucrado :
A toutes fo de coumplimens,
Vous mounto pus naut que la luno.
Troubas que sa méso es coumuno,
Se pot ; mais pensi qu'à vostre èlh,
Habit pourtèsso ou vièlho roupo,
Serió poulit coumo un anèl,
S'avió pas parlat de la coupo.
E, perce que vous fo l'ounou
De supausa que n'avès uno,
Lou paure innoucent efantou

Ils ne méprisent pas les bons morceaux,
Qu'ils ne les jettent pas aux chiens
Et qu'ils aiment mieux à leur dîner
Un perdreau qu'une sardine salée.
Allez toujours ; ne craignez rien ;
Je vous aide. Vous direz, sans doute,
Qu'il suit l'ancienne méthode,
Que sa mise n'est pas à la mode,
Qu'à ses manteaux souvent usés
On ne voit pas un morceau de dentelle.
Peut-être qu'il porte la flanelle,
Que ses cheveux sont mal frisés
Et sa langue trop peu dorée.
Je l'accorde. Il me semble, cependant,
Que sa petite bouche est assez sucrée :
A tous il fait des compliments,
Il vous élève plus haut que la lune.
Vous trouvez que sa mise est commune,
C'est possible ; mais je pense qu'à vos yeux
Qu'il portât habit ou vieille roupe,
Il serait joli comme un anneau,
S'il n'avait pas parlé de la coupe.
Et, parce qu'il vous fait l'honneur
De supposer que vous en avez une,
Le pauvre petit innocent

3

Haurió la marrido infourtuno
De mouri dins un tiradou!
Acò's injuste e pot pas èstre.
Ou voli pas e sioi lou mèstre!
Vous lou metrai dejoust lou nas,
Ambé la coupo entre las mas,
E se doubrissès la perpello,
N'ages ou nou la fantasié
Lou veirés am soun escudello
E l'engoulirés tout entié!

Lous Mantenurs de Montpelié
N'òu pas ges! Me la bailou bello!
Se se sou meses dins lou cap
Que, quand òu dich : « N'avem pas cap »,
Tout es finit, oh! mais se troumpou!
Se n'òu pas cap, eh! que ne croumpou!
l'o d'aufèvros à Mountpelié
Que de ne vendre fòu mestié.
Sou prou riches; ne cal haveire!
Lou qu'en pourtan uno santat,
Quand o trincat, béu qu'am soun veire,
Pot èstre un pouèto vantat,
Coumo Musset un grand troubaire,
Faire de poulidos cansous,

Aurait l'horrible destinée
De mourir dans un tiroir !
C'est injuste et ne peut pas être.
Et ce ne sera pas ! Je suis le maître.
Je vous le mettrai sous le nez,
Avec la coupe entre les mains ;
Et, si vous ouvrez les paupières,
Que vous en ayez ou non la fantaisie,
Vous le verrez avec son écuelle
Et vous l'avalerez tout entier !

Les Mainteneurs de Montpellier
N'en ont point. Ils me la baillent belle !
S'ils se sont mis dans la tête
Que, quand ils ont dit : « Nous n'en avons point »,
Tout est fini, oh ! mais ils se trompent !
S'ils n'en ont pas, qu'ils en achètent.
Il y a des orfèvres à Montpellier
Qui d'en vendre font métier.
Ils sont assez riches ; il faut en avoir.
Celui qui, en portant une santé,
Quand il a trinqué, ne boit que dans son verre,
Peut être un poëte vanté,
Comme Musset un grand trouvère,
Faire de jolies chansons,

De bèls pouèmes, de tensous :
Es pas felibre, es que trincaire,
E, se se crei felibre, es fol.

Lou felibre es un apostol
Nat per precha la frairenenso.
Tant qu'en la coupo d'allienso,
N'o pas tastat lou vi des forts,
N'a pas en el l'ouncieu sacrado.
E, que que siagou sous esforts,
Sa paraulo pot èstre enaurado,
Restounti bello, èstre admirado ;
Mais s'èro sans autouritat,
Coumo la vouès d'un deputat
Que, prince ardènt de la tribuno,
N'es pas de la majouritat ;
Noun jamai auro la fourtuno
De fa naisse dins cap d'estat,
D'inspira dins cap de coumuno
L'amour de la frairenetat.

Atabé metès vous en tèsto
Que jamai n'aurió pas souffrit,
Iéu qu'ai d'ourgulh, s'avès d'esprit,
Que lou cantaire d'uno fèsto

De beaux poëmes, des tensons:
Il n'est pas félibre, il n'est que trinqueur;
Et, s'il se croit félibre, il est fou.

Le félibre est un apôtre
Né pour prêcher la fraternité.
Tant que dans la coupe d'alliance
Il n'a pas goûté le vin des forts,
Il n'a pas en lui l'onction sacrée.
Et, quels que soient ses efforts,
Sa parole peut être brillante,
Retentir belle, être admirée ;
Mais elle sera sans autorité,
Comme la voix d'un député
Qui, prince ardent de la tribune,
N'est pas de la majorité ;
Jamais elle n'aura la fortune
De faire naître dans aucun état,
D'inspirer dans aucune commune
L'amour de la fraternité.

Aussi mettez-vous dans la tête
Que jamais je n'aurais souffert,
Moi qui ai de l'orgueil, si vous avez de l'esprit,
Que le chanteur d'une fête

Ount lous felibres renoumats,
Lous troubaires lous pus aimats,
Des quatre caires de la terro
Sou toutes venguts ples d'espèro,
Se seguèsso, en moun noum, permés
De fa saupre qu'à la vesprado
O mancat la coupo sacrado.

N'ai prou dich: l'efant es coumo es.
Que lou voudro pas que lou daisse
E que luen de ieu ane paisse!
Soun dégoust douno lou malcor.

Antal parlavou dins moun cor
L'iro, l'ourgulh e la paresso,
Tres diables fis al cap retors,
Demouns plés de ruso e d'adresso
Que dins sas griffos m'aviòu pres,
E daus lou brasié m'empourtavou.
Mantenurs, me perdounares,
Tout aro es eles que parlavou ;
Mais moun boun anjo es arribat,
De sas arpos m'o derrabat
E lous o traches d'nn cop d'alo
En miech de la flamo infernalo.

Où les félibres renommés,
Les trouvères les plus aimés,
Des quatre coins de la terre
Sont tous venus pleins d'espérance,
Se fût, en mon nom, permis
De faire savoir qu'à la soirée
La coupe sacrée a manqué.

J'en ai assez dit : l'enfant est ce qu'il est.
Que celui qui ne le voudra pas le laisse
Et qu'il aille paître loin de moi !
Son dégoût donne des nausées.

Ainsi parlaient dans mon cœur
La colère, l'orgueil et la paresse,
Trois diables fins à tête dure,
Démons pleins de ruse et d'adresse
Qui dans leurs griffes m'avaient pris
Et vers le brasier m'emportaient.
Mainteneurs, vous me pardonnerez,
Tout à l'heure c'est eux qui parlaient;
Mais mon bon ange est arrivé,
De leurs mains crochues il m'a arraché
Et les a jetés d'un coup d'aile
Au milieu de la flamme infernale.

Aro es ieu que vous parlarai
En conscienso e vous dirai :
Sès felibres e grands troubaires ;
Urouses de se dire fraires,
Toutes lous pouètos roumans
Beñesissou vostro allienso
E savourou, gentes groumans,
Lous fruits de vostro Mantenenso :
Dramos, pouèmos e cansous.
Vostro Revisto soubeirano
Dicto sas leis e sas lessous,
E joust sa douctrino roumano
Se clinou lous poples latis.

Dirai de mai : Lou que sentis,
Al noum de la rasso latino,
Naisse en soun amo l'estrambord
E s'aluca dins sa petrino
La flamo ardento de soun cor,
Coumo l'aiglo s'enairo libre,
Brinde ou brinde pas, es felibre,
E la coupo n'i fo pas res.

Mantenurs, me perdounares ;
D'un paire sabès là tendresso :

A présent, c'est moi qui vous parlerai
En conscience, et je vous dirai :
Vous êtes félibres et grands trouvères ;
Heureux de se dire vos frères,
Tous les poëtes romans
Bénissent votre alliance
Et savourent, aimables gourmands,
Les fruits de votre Maintenance :
Drames, poëmes et chansons.
Votre revue souveraine
Dicte ses lois et ses leçons,
Et sous sa doctrine romane
S'inclinent les peuples latins.

Je dirai de plus : Celui qui sent,
Au nom de la race latine,
Naître dans son âme l'enthousiasme
Et s'allumer dans sa poitrine
La flamme ardente de son cœur,
Comme l'aigle s'élève libre.
Qu'il brinde ou non, il est félibre,
Et la coupe n'y est pour rien.

Mainteneurs, vous me pardonnerez ;
D'un père vous connaissez la tendresse :

Siague poulit ou laid e lourd,
Goi, boussut, borgne ou fach al tour,
Plé d'esprit e de gentillesso,
Ou sot coumo un ase e cabour,
Un efant, as èlhs de soun paire,
Es toujour bèl coumo l'amour.
Atabé, doussomen, pecaire!
Sus moun bras hai prés l'efantou.
Me risió, i'ai fach un poutou
E l'ai pourtat à l'imprimaire,
Que l'o vestit à sa faissou.

Aquel efant es moun librou;
Dins lou mounde fo soun intrado.
Festejas-lou se vous agrado;
Se vous ennuio, escampas-lou.

Qu'il soit joli ou laid et vilain,
Boîteux, bossu, borgne ou fait au tour,
Plein d'esprit et de gentillesse
Ou sot comme un âne et stupide,
Un enfant, aux yeux de son père,
Est toujours beau comme l'amour,
Aussi, doucement, mon Dieu!
J'ai pris sur mon bras le petit.
Il me riait, je lui ai donné un baiser
Et je l'ai porté à l'imprimeur,
Qui l'a vêtu à sa façon.

Cet enfant est mon petit livre;
Dans le monde il fait son entrée.
Faites-lui fête s'il vous plaît,
Et jetez-le s'il vous ennuie.

NOTES

[1] On appelle *Banastos* à Margon trois arceaux sur deux desquels est construit en partie le double escalier par lequel on descend du premier étage du château sur les terrasses qui dominent et précèdent le jardin.

Voici, d'après la tradition, ce qui a donné lieu au dicton encore assez souvent répété à Margon et dans les lieux circonvoisins : *Vai-t'en estudia joust las banastos.*

Anciennement, sous les murs du château et devant la grande porte qui y donnait, seule, accès du côté du jardin et de la campagne, était un large et profond fossé qui le séparait des terrasses et qu'on traversait sur un pont-levis. Vers la fin du XVIIe siècle, le seigneur fit combler ce fossé, et la place qu'il occupait devint bientôt un lieu de passage, une sorte de rue.

Le château étant bâti sur le penchant d'une colline, ce qui est premier étage du côté du jardin est rez-de-chaussée du côté du village, et le rez-de-chaussée du côté du jardin ne se compose intérieurement que de caves et de caveaux. Toutes ces pièces, surmontées d'une voûte élevée, mais à peine éclairées aujourd'hui

par une sorte de lucarne; ne l'étaient probablement
alors que par quelques meurtrières. On y descend par
un mauvais escalier d'une trentaine de marches, pra-
tiqué dans une des tours, et qui ne reçoit le jour que
par une seule meurtrière ronde. Le bas des deux autres
tours était, dit-on, des cachots[1] au moyen âge.

Plusieurs années s'étaient écoulées depuis que le
fossé était comblé, lorsque le seigneur, trouvant sans
doute peu agréable de ne pouvoir descendre et con-
duire ses hôtes à son jardin que par un mauvais escalier et en traversant des caves obscures, fit construire
sur une partie de l'emplacement de l'ancien fossé un
terre-plein formant terrasse. Au-dessus de ce terre-
plein, d'un côté, un perron à double rampe de dix-huit
marches s'élevant jusqu'au niveau du sol du premier
étage et y donnant accès, et, de l'autre côté, un peu
en contre-bas, les trois arceaux dits « banastes. »

Aux yeux de ceux qui connaissaient les lois, il était
évident qu'étant haut justicier et seigneur de place,
le comte avait incontestablement le droit d'élever
toutes ces constructions et même celui de faire en-

---

[1] De temps immémorial déjà à cette époque, il n'y avait
plus à Margon d'autre prison que celle qui a existé jusqu'en
1789. Elle était dans une des tours, au troisième étage, à une
hauteur de 25 mètres environ au-dessus du sol des terrasses et
dans la partie la plus saine et la mieux exposée du château.
Comme ce troisième étage n'a pas été habité depuis plus de
cent ans, cette pièce, ancienne prison, est encore aujourd'hui
telle qu'elle était il y a deux cents ans. Les murs en sont cou-
verts d'inscriptions à demi effacées ; quelques – unes cependant
sont encore très-lisibles. On y remarque celle-ci : « Je suis le
chien qui rongent (*sic*) l'os, étant en repos ; un jour viendra qui
n'est pas venu, où je morderai ceux qui m'auront mordu 1678.»

tièrement fermer le passage; mais les membres du
Conseil politique et les consuls de Margon n'étaient
pas des jurisconsultes; encouragés, dit-on, par les
conseils d'un jeune avocat né dans la localité, ils
plaidèrent, perdirent leur procès devant le sénéchal
de Béziers, et, toujours excités par les encourage-
ments du jeune avocat, firent appel devant le Parle-
ment de Toulouse et furent, de nouveau, condamnés.
Il ne pouvait en être autrement. Alors, vexés, ils
donnèrent, probablement par dépit, le nom de « banastes » aux trois arceaux; et, comme le jeune avocat
élevait encore la voix, un des consuls lui cria : *Sios
un ase, vai-t'en estudia joust las banastos*. Depuis lors,
à Margon et dans les environs, toutes les fois que
quelqu'un en la science duquel on n'a pas grande foi
est pris en flagrant délit de hâblerie ou de vantar-
dise, on l'envoie étudier sous les banastes.

LAS FÈSTOS

DEL FELIBRIGE

LAS FÈSTOS

DEL

FELIBRIGE

A En Frederic DOUNADIEU

President

de la Mantenenso de Lengodoc

T'en souvenes qu'à la vesprado
De nostro fèsto de Beziés,
Ount legiguèri la dinnado
Que se trobo dins mous papiés,
Avant de parti te laissèri
Moun Felibrige e te preguèri
De m'en dire toun sentiment.
Lèu, dins uno letro amistouso
E, coumo tus, gènto e courouso,
Me mandèros un çoumpliment.

LES FÊTES

FÉLIBRIGE

A Monsieur Frédéric DONNADIEU

Président

de la Maintenance de Languedoc

Tu te souviens qu'à la soirée
De notre fête de Béziers,
Où je lus la description du banquet
Qui se trouve dans mes papiers,
Avant de partir je te remis
Mon Félibrige et te priai
De m'en dire ton sentiment.
Bientôt, dans une lettre amicale
Et, comme toi, charmante et gracieuse,
Tu m'envoyas un compliment.

4

Dins lou cap, à-n-aquel moument,
Saique avios, del felibre Hourasso,
L'*irritabile* trop present;
Crentèros, à moun jujament,
De me fa faire uno grimasso
Se disios net toun pensament.
Acò faguèt pas moun affaire.
Sabi be que sioi pas troubaire;
Se m'avios, sans mainajament,
Fach couneisse de moun ouvrage
Las fautos, feblessos, loungous
E tout ce qu'i es repapiage,
En m'inspirant de tas lessous,
Haurió pas fach uno Mirèio,
Per la glòrio sioi pas nascut;
Mais am lou temps haurió pouscut,
Saique, à forso de trabalha,
Fini per acoucha d'un libre
Qu'al cantou dal fioc lou felibre
Haurió legit sans badalha.

De fes, nostro pensado folo,
Sus l'alo d'azur d'un espèr,
Naut, pla naut, sus las nibous volo
(Aissò n'es qu'uno parabolo) ;

Dans la tête, en ce moment,
Tu avais sans doute, du félibre Horace,
L'*irritabile* trop présent;
Tu craignis, je pense,
De me faire faire la grimace
Si tu disais nettement ta pensée.
Ce n'était pas mon désir.
Je sais bien que je ne suis pas trouvère ;
Si tu m'avais, sans ménagement,
Fait connaître de mon ouvrage
Les fautes, faiblesses, longueurs
Et tout ce qui y est radotage,
En m'inspirant de tes leçons,
Je n'aurais pas fait une Mireille,
Je ne suis pas né pour la gloire ;
Mais avec le temps j'aurais pu
Peut-être, à force de travailler,
Finir par mettre au monde un livre
Qu'au coin du feu le félibre
Aurait lu sans bâiller.

Quelquefois notre folle pensée,
Sur l'aile d'azur d'une espérance,
Haut, bien haut, sur les nuages vole
(Ceci n'est qu'une parabole),

Coumo un fum s'esvano dins l'èr,
Dins las nibous se found l'espèro,
E, sans alos e sans gouvèrn,
La pensado retoumbo à terro.

M'as coumprés ; t'en disi pas mai.
Ce qu'es segú, ce qu'es pla vrai,
Es qu'uno obro que val pas gaire
Serió bèi un precious tresor,
Se m'avios prestat, per la faire,
Toun esprit, ta plumo e toun cor.

Comme la fumée s'évapore dans l'air,
Dans les nuages se fond l'espoir,
Et, sans ailes et sans direction,
La pensée retombe à terre.

Tu m'as compris ; je n'en dis pas plus.
Ce qui est sûr, ce qui est bien vrai,
C'est qu'une œuvre qui ne vaut pas grand'chose
Serait aujourd'hui un précieux trésor,
Si tu m'avais prêté, pour la faire,
Ton esprit, ta plume et ton cœur.

PREMIÈIRO PARTIDO

———

Imprécacieu costro la mort. — Per que li sioi pas
anat.— Ce qu'aurió vist se li èri anat.

Marrido mort, horro dalhairo!
Que caminos, lous èlhs cugats,
De lagremos, de dols, ardento semenairo,
T'arrapos, sempre, as pus aimats:
Paire, efant, nòvio, maire, filho.
Quand guerro, pèsto ou colera,
T'ajudou, mai d'un cop, dins touto une familho
Un soul demoro, per ploura.

M'as pres ma dousso et santo maire,
Que prègo, al Cièl, per soun efant;
Moun paire al cor valènt, al cor bòu, noble e grand,
De sa tristesso mort, pecaire!
Mous dous fraires qu'èrou tant bous,
Ma grando sorre que m'aimavo

PREMIÈRE PARTIE

———

Imprécation contre la mort. — Pourquoi je n'y suis
pas allé.— Ce que j'aurais vu si j'y étais allé.

Mort maudite, horrible faucheuse !
Qui chemines les yeux fermés,
De larmes et de deuil, ardente ensemenceuse,
Tu t'accroches toujours aux plus aimés :
Père, fils, jeune épouse, mère, fille.
Quand guerre, peste ou choléra,
T'aident, plus d'une fois, dans toute une famille,
Un seul reste pour pleurer.

Tu m'as pris ma tendre et sainte mère,
Qui prie au Ciel pour son enfant;
Mon père au cœur vaillant, au cœur bon, noble et grand,
De sa tristesse mort, hélas !
Mes deux frères, qui étaient si bons,
Ma grande sœur qui m'aimait

E que sus sa faudeto, en riguen, me bressavo,
    Quand èrem pichots toutes dous.

M'as pres, atabé, moun angèlo,
    Moun bèl trésor,
Ma proumeso, la vierginello
Que m'aurió fach la vido bello
    Am soun boun cor.

Un jour i disio que l'aimavi,
    Fin qu'à la mort.
Respoundió pas, i'ou repetavi
Ambé mous èlhs e la belavi
    Amb' estrambord.

Cramésino èro sa gauteto ;
    Subran, d'un bound
Venguèt à iéu, pauro amigueto !
E sentiguèri sa bouqueto
    Frisa moun frount.

O dous plasé ! ce qu'esprouvèri
    Embalausis !
En tout iéu m'estrementiguèri,
Perdèri l'èstre e me creguèri
    Al Paradis.

Et qui sur ses genoux, en riant, me berçait,
    Quand nous étions petits tous deux.

Tu m'as pris aussi mon petit ange
        Mon beau trésor,
Ma promise, la jeùne fille
Qui m'aurait fait la vie belle
        Avec son bon cœur.

Un jour, je lui disais que je l'aimais
        Jusqu'à la mort.
Elle ne répondait pas ; je le lui répétais
Avec mes yeux, et je la regardais
        Avec passion.

Cramoisie était sa petite joue.
        Soudain, d'un bond,
Elle vint à moi, pauvre petite amie,
Et je sentis sa petite bouche
        Effleurer mon front.

O doux plaisir ! ce que j'éprouvai
        Rend fou !
Je tressaillis dans tout mon être.
Je perdis la raison et je me crus
        Au Paradis.

Sempre, dempèi, coumo uno estello
    Qu'al ciel lusis,
Lou jour, la neit, l'encantarello
Es davant ieu, poulido e bello,
    Soun èlh me ris.

Oh! paure cor, oublido! oublido!
    Jamai! jamai!
Dempèi qranto ans es sepelido;
Dins qranto ans e touto la vido,
      La plourarai
      E l'aimarai!

La fe christiano es bouno causo
    Per lou qu'es vièlh.
Podes, o Mort que res n'amauso!
Nous prene tout sans fi ni pauso,
    Tout ce qu'es bèl;

Tout ce qu'on aimo e qu'on desiro,
Tout ce qu'es grand e qu'on admiro,
    Sauve lou Cièl;
Sauve l'amour, ardènto flamo,
    Sauve l'amour
Que Dieus aluco dins nostro amo
E que coumo elo 'vieu toujour.

Toujours depuis, comme une étoile
    Qui brille au ciel,
Le jour, la nuit, l'enchanteresse
Est devant moi, jolie et belle,
    Son œil me rit.

Oh! pauvre cœur, oublie! oublie!
    Jamais! jamais!
Depuis quarante ans elle est dans la tombe;
Dans quarante ans, et toute la vie,
    Je la pleurerai
    Et l'aimerai.

La foi chrétienne est bonne chose
    Pour le vieillard.
Tu peux, ô Mort que rien n'apaise!
Nous prendre tout, sans fin ni pose,
    Tout ce qui est beau;

Tout ce qu'on aime et qu'on désire,
Tout ce qui est grand et qu'on admire,
    Hormis le Ciel;
Hormis l'amour, ardente flamme,
    Hormis l'amour
Que Dieu allume dans notre âme
Et qui, comme elle, vit toujours.

Dilus passat m'as pres oncaro
Uno dono que m'èro caro.
Haviò vingt ans, èro dins sa luno de mèl.
Moun nébout sempre la belavo,
Coumo al jour ount, davant l'autèl,
Davant Dieu que lous agachavo,
Jurèt que la vouliò per femno et que l'aimavo,
En i meten al det l'anèl.

Dourmis dins la toumbo jagudo,
El plouro e sempre plouraro.
Crido, d'aici d'alai courris, sans saupre ount vo,
Dévarìat, l'amo perdudo.
Se ne mouris pas, vendro fol.
Aqui ce qu'as fach, masco arpudo.
Nautres, dins nostre cor acatam nostre dol ;
E pamens, s'èros pas vengudo,

Hauriò pouscut bèi, à moun tour,
Bèure à la coupo frairenalo
Ount se pouso la glòrio e d'ount rajo l'amour.
Quand des felibres, dins la salo,
La paraulo auriò restoundit,
Lou soun d'aquelo voués aimado,
Tant dousso, en caressan moun aurelho encantado,
Dins moun cor hauriò ressoundit.

Lundi dernier tu m'as pris encore
Une dame qui m'était chère ;
Elle avait vingt ans, elle était dans sa lune de miel.
Mon neveu toujours l'admirait,
Comme au jour où, devant l'autel,
Devant Dieu qui les regardait,
Il jura qu'il la voulait pour femme et qu'il l'aimait,
En lui mettant au doigt l'anneau (nuptial).

Elle dort dans la tombe étendue,
Lui pleure et toujours il pleurera.
Il crie, de tous côtés il court, sans savoir où il va,
Égaré, l'âme perdue.
S'il n'en meurt pas, il deviendra fou.
Voilà ce que tu as fait, sorcière aux mains crochues.
Nous, au fond de nos cœurs nous cachons notre deuil ;
Et pourtant, si tu n'étais pas venue,

J'aurais pu aujourd'hui, à mon tour,
Boire à la coupe fraternelle
Où se puise la gloire et d'où coule l'amour.
Quand des félibres, dans la salle
La parole aurait résonné,
Le son de cette voix aimée
Si douce, en caressant mon oreille charmée,
Dans mon cœur aurait retenti.

Pèi, haurió vist, à la sesilho,
Mistral, Aubanel, Roumanillo,
Toulouso, Wyse, Azaïs, Mir, Gras, Roquo-Ferrier,
Donnadieu, Langlado, Bornier,
Laforguo e cent autres felibres,
Grands per sous cants e per sous libres,
E qu'en milo ans e mai encaro lausaròu
Lous qu'après nautres brindaròu.

As philoulogos trabailhaires
Haurió vist lous preses dounats,
E des felibres grands troubaires
Lous frounts supèrbes courounats.

Des referaires l'eloquenso,
Lou toun soulemne e magistral.
Pèi, dins la bouco d'or de l'houmèric Mistral,
Lou tant bèl parla de Prouvenso.
De tant d'illustres la presenso,
En m'enbrandant, m'auriòu rendut,
Amb moun vièlh estrambord, lou fioc de ma jouvenso,
Haurió bramat coumo un perdut.

Dilus, à la villa Louïso,
Que la noblo dono Westphal,
As felibres aimats, per aquel bèl jour fiso,

Puis j'aurais vu à la séance
Mistral, Aubanel, Roumanille,
Toulouse, Wyse, Azaïs, Mir, Gras, Roque-Ferrier,
Donnadieu, Langlade, Bornier,
Laforgue et cent autres félibres
Grands par leurs chants et par leurs livres,
Et que dans mille ans et plus encore loueront
Ceux qui après nous *brinderont*.

Aux philologues travailleurs
J'aurais vu les prix décernés,
Et des félibres grands trouvères
Les fronts superbes couronnés.

Des rapporteurs l'éloquence,
Le ton solennel et magistral,
Puis, dans la bouche d'or de l'homérique Mistral,
Le si beau parler de Provence.
De tant d'illustres la présence,
En m'enflammant, m'aurait rendu,
Avec mon vieil enthousiasme, le feu de ma jeunesse,
J'aurais crié comme un perdu !

Lundi, à la villa Louise,
Que la noble dame Westphal,
Aux félibres aimés, pour ce beau jour confie,

Haurió vist, sans trop de baral,
Del Lengodoc la Mantenenso
Acampado e Laforguo urous,
Ambé gracio courteso, à l'illustro assistenso,
Dire lou parlamen courous.

E tourna-mai as grands luchaires
Haurió vist lous preses dounats
E des pus urouses cantaires
Lous frounts supèrbes courounats.

Haurió vist las sèt presidentos
Rèinos de bèutat e d'amour,
Sus sous fautuls daurats, assetados, tant gèntos,
Tant gracieusos e tant valèntos,
Que, per las vèire cado jour,
E las aima touto la vido,
Al temps des chivaliés, mai d'un bèl troubadour
Se serió mes joust sa servido,

Sans cap de pensado marrido ;
A-n-aquel temps n'aviòu jamai.
Se de tout cor e de touto amo
Lou troubaire aimavo sa damo,
La reveravo encaro mai.

J'aurais vu, sans trop de tumulte,
Du Languedoc la Maintenance
Réunie et Laforgue heureux,
Avec grâce courtoise à l'illustre assemblée
Dire le compliment gracieux.

Et de nouveau, aux grands lutteurs
J'aurais vu les prix décernés,
Et des plus heureux chanteurs,
Les fronts superbes couronnés.

J'aurais vu les sept présidentes,
Reines de beauté et d'amour,
Sur leurs fauteuils dorés assises, si jolies,
Si gracieuses et si pleines de mérite,
Que, pour les voir chaque jour
Et les aimer toute la vie,
Au temps des chevaliers, plus d'un beau troubadour
Se serait mis sous leur servage,

Sans aucune mauvaise pensée ;
En ce temps-là on n'en avait jamais ;
Si de tout cœur et de toute âme
Le troubadour aimait sa dame,
Il la respectait encore plus.

SEGOUNDA PARTIDO

—

La Dinnado

Lou vèspre vengut, la dinnado,
Ount lou gaud, coumo al Paradis
De l'un à l'autre s'espandis;
Ount la taulo, de flous ournado,
Moustraro tout aro à nostre èlh
Ce que de milhou, de pu bèl,
La terro, la pesco e la casso,
Podou pourgi joust nostre cièl:
Lou rouget ras de la bécasso,
Ras de la fouco, lou pavou,
La lèbre al coustat del saumou,
De pastisses e de croustados
E de saussos tant embaumados
Qu'as mens groumands, as mai devots,
Fòu veni la salivo as pots.

SECONDE PARTIE

———

Le Banquet

Le soir venu, le banquet,
Où la joie, comme au Paradis,
De l'un à l'autre se répand ;
Où la table, de fleurs ornée,
Montrera bientôt à nos yeux
Ce que de meilleur, de plus beau,
La terre, la pêche et la chasse,
Peuvent fournir sous notre ciel :
Le rouget près de la bécasse,
Près de la macreuse le paon,
Le lièvre à côté du saumon,
Des pâtés et des vol-au-vent,
Et des sauces si embaumées,
Qu'aux moins gourmands, aux plus dévots,
Elles font venir la salive à la bouche.

D'abord se porto dins la salo
La bouno soupo prouvensalo ;
Pèi, per azuga l'apétis
(Tout acampat dins lou terraire,
Ou joust lou cièl blu des Latis) :
Ravets, burre de Sant-Salvaire,
Que se manjo am de fougassous ;
Saucissot d'Arle, pastissous,
Lucos de Gignac pla causidos,
Des Aubos lou bèl artichau,
Anchoios à Cetto coufidos,
Arcèlis de l'estang de Thau.

Acò's res ; veici las intrados :
Finos crouquetos pla daurados,
Filet de biòu accoumoudat
A la modo des Bourdeleses,
Cambajou del Larzac mandat,
Assasounat as pichots peses ;
Pioto farsido de boun biais,
Amb la bouno trufo d'Aubais ;
Saumou vengut de la Garouno,
Gibiè d'aigo de Magalouno,
Anguialos e trouchos d'Erau,
Rougets d'Ate pescàts al grau,

D'abord, on porte dans la salle
La bonne soupe provençale ;
Puis, pour aiguiser l'appétit
(Tout amassé dans le terroir,
Ou sous le ciel bleu des Latins) :
Radis, beurre de Saint-Sauveur,
Qui se mange avec des gâteaux ;
Saucisson d'Arles, petits pâtés,
Olives de Gignac bien choisies
Des Aubes le bel artichaut,
Anchois à Cette confits,
Clovisses de l'étang de Thau.

Ce n'est rien ; voici les entrées :
Fines croquettes bien dorées,
Filet de bœuf accommodé
A la sauce des Bordelais,
Jambon du Larzac venu,
Assaisonné aux petits pois ;
Dinde farcie habilement,
Avec la bonne truffe d'Aubais ;
Saumon venu de la Garonne,
Gibier d'eau de Maguelonne,
Anguilles et truites d'Hérault,
Rougets d'Agde pêchés au grau,

Callos à la sausso roumano,
Perdigals à la catalano
E terrino de Perigord.

E, per rendre la joio al cor,
Quand, la panso à mitat roumplido,
S'amauso un pauquet lou talen,
Un veirou de vièlh aigarden
De nostro terro benesido,
Ou de Cougnac, à la causido.

Courage ! mangem ! as roustits :
Pavous de Fountmagno vestits,
Pintardo de trufos claufido,
Que s'engraissèt à Pezenas ;
Lèbre d'Escandorgo, alauzetos,
Grivos de Camarés grassetos
E courriolos del Malpas.

Que mai encaro ? Am l'ansalado
De plats dousses sucrats un fum,
A l'ananas crèmo jalado,
Glassos, sourbets al dous perfum.

E, per azaga la garganto,
Que la set, en manjan, aganto,

Cailles à la sauce romaine,
Perdreaux à la catalane
Et terrine de Périgord.

Et, pour rendre la joie au cœur,
Quand, la bedaine à moitié pleine,
S'apaise un petit peu la faim,
Un petit verre de vieille eau-de-vie
De notre terre bénie,
Ou de Cognac, au choix.

Courage ! mangeons ! aux rôtis :
Paons de Fontmagne revêtus,
Pintade de truffes gorgée,
Qui s'engraissa à Pézenas ;
Lièvre d'Escandorgue, alouettes,
Grives de Camarès grassettes,
Et pluviers du Malpas.

Quoi de plus encore ? Avec la salade,
D'entremets une quantité,
Crème gelée à l'ananas,
Glaces, sorbets au doux parfum.

Et, pour arroser le gosier,
Que la soif, en mangeant, saisit

E qu'assécou tant de bous plats,
Lous vis fis lous pus delicats :
Grand Médoc, Sant-Jordi, Langlado,
Clareto seco d'Aspiran,
Clareto dousso d'Adissan ;
Fis muscats al fumet qu'enfado
De Lunèl e de Frountignan,
Porto culit al bord del Tage,
Castelnòu-del-Papo, Ermitage,
Blanquèto ardènto de Limous,
Que tant petilho e qu'accoumpagno
De Sant-Perai lou vi grumous.
Parli pas del vi de Champagno.
Ajustas-i de vis d'Espagno,
Que sabi, ieu, de tout païs
Ounte la vigno generouso,
Joust lou caud soulel des Latis,
Dins uno terro vigourouso,
Dono un bouquet presat as vis, —

— Que disès aqui? Lous felibres,
Nourrits de glòrio, cado jour,
Vivou de rais, d'ense e d'amour,
Coumo lous anjos. Dins sous libres
Ou poudès pla veire. — Es vertat.

Et que dessèchent tant de bons mets,
Les vins fins les plus délicats :
Grand Médoc, Saint-Georges, Langlade,
Clairette sèche d'Aspiran,
Clairette douce d'Adissan,
Fins muscats au fumet qui ensorcelle
De Lunel et de Frontignan,
Porto cueilli aux bords du Tage,
Château-neuf-du-pape, Hermitage,
Blanquette ardente de Limoux,
Qui tant pétille et qu'accompagne
De Saint-Péray le vin mousseux.
Je ne parle pas du vin de Champagne.
Ajoutez-y des vins d'Espagne,
Que sais-je ? de tous les pays
Où la vigne généreuse,
Sous le chaud soleil des Latins,
Dans une terre vigoureuse,
Donne aux vins un bouquet prisé. —

— Que dites-vous là ? Les félibres,
Nourris de gloire, chaque jour,
Vivent de rayons, d'encens et d'amour,
Comme les anges. Dans leurs livres
Vous pouvez le voir. — C'est la vérité,

Aimou, dins lous prats que verdejou,
Joust un ciel blu ple de clartat,
Vèire filhetos que foulejou,
Aimou la gracio, la bèutat,
Lous èlhs negres que beluguejou
E lous blus, mirals de bountat.
Aimou patrìo, libertat,
Glòrio, vertut e sapienso :
Tout ce qu'es grand, tout ce qu'es bèl,
Lou Lengodoc e la Prouvenso...
E nostre Paire qu'es al Cièl.
Quan fòu sounets, lais, vilanèlos,
Dins soun cabinet sou d'angèlos;
Mais à taulo sou de groumans.
Pensou, lous grans omes roumans,
Siagou d'Ais ou de Barcelouno,
De Paris ou de Bucharest,
Ou de Flourenso ou de Lisbouno,
Del miejour, del nord ou de l'est,
Qu'es san d'haveire dins la vido
Cousino caudo e fresc cavot;
Que, quand la panso es mal garnido,
L'esprit es flac, la tèsto vido.
Coumo un ancien, qu'èro pas sot,
Disou que cal uno bounbanso,

Ils aiment, dans les prés qui verdoient,
Sous un ciel bleu plein de clarté,
Voir des fillettes qui folâtrent.
Ils aiment la grâce, la beauté,
Les yeux noirs qui étincellent
Et les bleus, miroirs de bonté ;
Ils aiment patrie, liberté,
Gloire, vertu et science :
Tout ce qui est grand, tout ce qui est beau,
Le Languedoc et la Provence...
Et notre Père qui est au Ciel.
Quand ils font sonnets, lais, villanelles,
Dans leurs cabinets ils sont de petits anges;
Mais à table ils sont des gourmands.
Ils pensent, les grands hommes romans,
Qu'ils soient d'Aix ou de Barcelone,
De Paris ou de Bucharest,
Ou de Florence, ou de Lisbonne,
Du midi, du nord ou de l'est,
Qu'il est sain d'avoir dans la vie
Cuisine chaude et frais caveau ;
Que, quand la bedaine est mal garnie,
L'esprit est faible, la tête vide.
Comme un ancien, qui n'était pas sot,
Ils disent qu'il faut une ripaille,

Un cop per mes per ana pla ;
Qu'ambé boun vi, bouno pitanso,
De tems en tems s'assadoula,
Es d'uno tèsto pla senado,
Que la car nourris l'esperit.
E, per acaba la dinnado,
Vèn un bèl dessert assourtit,
Que fo pas vergougno al roustit :
Boumbouns, counsèrvos et fruits rares,
Tant bèls et tant fresques, verai,
Que Chevet lou famous, jamai,
A sa mostro n'agèt de pares.

E cadun manjo, bèu et ris.
De mai en mai la joio ardento
Pauc à pauc se 'fo brounsinento :
L'aurelho es caudo e l'èlh lusis.

Cadun al cop pren la paraulo.
Degus escouto soun vesì.
L'un, quilhat al bout de la taulo,
Brassejo per se faire ausì.
Un autre, que vol lou silenso,
En cridan chut à l'assistenso,
Tusto la taulo coumo un fol

Une fois par mois pour se bien porter ;
Qu'avec bon vin, bonne pitance,
De temps en temps se rassasier,
Est d'une tête bien sensée,
Que la chair nourrit l'esprit.
Et, pour achever le dîner,
Il vient un beau dessert assorti,
Qui ne fait pas honte au rôti :
Bonbons, conserves et fruits rares,
Si beaux et si frais, vraiment,
Que le fameux Chevet, jamais,
A sa montre n'en eut de pareils.

Et chacun mange, boit et rit.
De plus en plus la joie ardente
Peu à peu devient bruyante :
L'oreille est chaude et l'œil brille.

Chacun à la fois prend la parole.
Aucun n'écoute son voisin.
L'un, perché au bout de la table,
Agite les bras pour se faire entendre.
Un autre, qui veut le silence,
En criant chut à l'assemblée,
Cogne sur la table comme un fou

E pico des pèscs al sol.
De las boutelhos descoufados
Lous taps, partits amb' un espound,
S'enairou coumo de fusados
E s'en vòu truca lou plafound.
Lou vi chiringo sus la nappo
E mai d'un dins lous èlhs n'arrapo.

Es un bousin, un bacanal.
A Beaucaire, e dins cap de fieiro,
Jamai, quand l'ouro ven tardieiro,
Quand tout es bruch e tout baralh,
Quand l'istrioun e lou moustraire
De gigants, de tigres, de sèrps,
Amb sous tambours, horres councèrts!
Bramou, hurlou, fòu de tout caire
Tremoulun e reboumbimen,
S'ausiguèt pire brounsimen.

Subran, en miech de la bagarro,
Coumo de nòvis alisats,
Sans s'enchauta del tintamarro,
Quatre varlets, pèuses frisats,
Habit negre, cravato blanco,
Servieto al bras, platèu sus l'anco,

Et frappe des pieds le sol.
Des bouteilles décoiffées
Les bouchons, partis avec explosion,
S'élèvent comme des fusées
Et s'en vont frapper le plafond.
Le vin jaillit sur la nappe
Et plus d'un dans les yeux en attrape.

C'est un tapage, un bacchanal.
A Beaucaire, et dans aucune foire,
Jamais, quand l'heure est tardive,
Quand tout est bruit et tout tumulte,
Quand l'histrion et le montreur
De géants, de tigres, de serpents,
Avec leurs tambours, horribles concerts !
Brament, hurlent et font de tout côté
Tremblement et tapage affreux,
Il ne s'entendit pire grondement.

Tout à coup, au milieu de la bagarre,
Comme de nouveaux mariés, frais et pimpants,
Sans s'inquiéter du tintamarre,
Quatre valets, cheveux frisés,
Habit noir, cravate blanche,
Serviette au bras, plateau sur la hanche,

Portou lou café, las liquous
E de cigarrous secs, tant bous,
Qu'al tems qu'èro lou mèstre en Franso,
Lou legendari Gambetta,
Qu'aimavo à se gaudi la panso,
Haurió pres goust à lous teta.

E lou baralh toujour brounsino,
Tant, que se dis à la cousino
Qu'Astaroth, Satan, Lucifèr
E d'autres diables galejaires,
Hòu vestit la pèl des troubaires
Per faire aquel sabat d'enfèr.

Portent le café, les liqueurs,
Et des cigares secs, si bons,
Qu'au temps où il était le maître
En France, le légendaire Gambetta,
Qui aimait à se réjouir la bedaine,
Aurait pris goût à les téter.

Et le tumulte toujours gronde,
Si bien qu'on dit à la cuisine
Qu'Astaroth, Satan, Lucifer
Et d'autres diables facétieux,
Ont revêtu la peau des trouvères,
Pour faire ce sabbat d'enfer.

TRESENCO PARTIDO

Lous Brindes

Mais tout d'un cop lou bruch s'acalo
E lou baral s'es amausat.
Dintrat, soulemne, dins la salo,
L'hoste sus la taulo o pausat
La majo coupo venerado.
Cadun, al frount la man sarrado,
S'acouido e se met à pensa :
Lous brindes vòu acoumensa.

De la carn après la dinnado,
Ven lou dinna de l'esperit,
Qu'as troubaires be mai agrado,
E qu'es encaro pus flourit.

Brinden e juren d'èstre fraires
Per l'amour de l'humanitat,

TROISIÈME PARTIE

Les Toasts

Mais tout à coup, le bruit cesse
Et le tumulte s'est apaisé.
Entré, solennel, dans la salle,
L'hôte sur la table a posé
La grande coupe vénérée.
Chacun, la main au front pressée,
S'accoude et se met à réfléchir :
Les toasts vont commencer.

Après le dîner de la chair
Vient le dîner de l'esprit,
Qui aux trouvères bien plus agrée
Et qui est encore plus fleuri.

Toastons et jurons d'être frères,
Pour l'amour de l'humanité,

D'èstre apostols·coumo lous paires
Que prechèrou la caritat !
Jusqu'o que la terro s'esfounde,
Voulem que lous poples del mounde
Qu'òu lou bèl parladou rouman,
Ramèl nascut sus la racino
De la majo souco latino,
Per un sacrat e dous liam,
S'encadénou coumo de fraires ;
Que daus lou cièl lous èlhs virats,
Coumo ou sou lous èlhs des troubaires,
Per lous rais de Dieus esclairats
E lou flambèu de la scienso,
Grands e forts per sa frairenenso,
Ensem caminou, cado jour,
D'un pèd ferme e segú, sens crento,
Dedins la draio trelusento,
Que meno al bounur per l'amour.

Cal qu'agregats lous us as autres
Coumo es à l'efan soun angèl,
Se rememoriou coumo nautres,
Sempre, que lou lum ven del cièl ;
Que s'aici-bas tout es mystèro,
Es cla, pamens, que sus la terro

D'être apôtres comme les pères
Qui prêchèrent la charité !
Jusqu'à ce que la terre s'écroule,
Nous voulons que les peuples du monde
Qui ont le beau langage roman,
Rameau né sur la racine
De la grande souche latine,
Par un doux et sacré lien,
S'enchaînent comme des frères ;
Que vers le ciel les yeux tournés,
Comme le sont les yeux des trouvères,
Par les rayons de Dieu éclairés
Et le flambeau de la science,
Grands et forts par leur fraternelle alliance,
Ensemble marchent, chaque jour,
D'un pied ferme et sûr, sans crainte,
Dans la voie brillante,
Qui mène au bonheur par l'amour.

Il faut qu'unis les uns aux autres,
Comme l'est à l'enfant son ange (gardien),
Ils se rappellent, comme nous,
Toujours, que la lumière vient du ciel ;
Que si, ici-bas, tout est mystère,
Il est clair cependant que, sur la terre,

L'ome sage, per èstre urous,
N'o qu'à seguí la lei tant bello
Qu'o dounado al mounde rebello
Lou Dieus clavelat sus la crous.

Mais deja la coupo roumplido
De man en man vo circula.
Chut ! lou grand mèstre l'o sasido ;
Silenso ! escoutem: vo parla.
Sa vouès sounoro e melicouso
Dins la grand salo ressoundis,
E de sa bouco pouderouso,
Coumo de rais del Paradis,
Rajou, 'mbé goust encadenados,
Tant de grandos e nautos pensados,
Tant de mots delicats e fis,
Que cadun, l'aurelho tibado,
L'escouto, l'admiro, lou bado
Tant que parlo, e quand o finit
L'escouto encaro, embalausit.
Pèi, las mans picou 'nfurounados.

Cadun béu e brindo à soun tour :
Un à las bellos felibrados
Que revèrtou las cours d'amour

L'homme prudent, pour être heureux,
N'a qu'à observer la loi si belle
Qu'a donnée au monde rebelle
Le Dieu cloué sur la croix.

Mais déjà la coupe remplie
De main en main va circuler.
Chut! le grand maître l'a saisie;
Silence! écoutons: il va parler.
Sa voix sonore et douce,
Dans la grande salle retentit,
Et de sa bouche puissante,
Comme des rayons du Paradis
Coulent, avec goût enchaînées,
Tant de grandes et hautes pensées,
Tant de mots délicats et fins,
Que chacun, l'oreille tendue,
L'écoute, l'admire, s'absorbe en lui
Tant qu'il parle, et quand il a fini
L'écoute encore, émerveillé.
Puis les mains battent avec frénésie.

Chacun boit et *brinde* à son tour:
Un aux belles félibrées
Qui rappellent les cours d'amour

E que trop lèu seróu passados ;
Toutes en lengage rouman :
Italian, francés, catalan ;
Aqueste en proso, l'autre en vèrses,
Dins vingt idiomes divèrses.

Lou prumiè clinat à Mistral
Qu'o fach Mirèio, Calendal
E mai d'uno autro obro inmourtalo
Qu'à nostro lengo maternalo
Hòu rendut lou laurié courous
Qu'à soun frount, reino sans rivalo,
Pourtavo al temps des troubadous.

Joust l'alé de soun amo ardento
Bringuier pren sa liro esplendento
E, d'uno vouès que restountis,
Brindo à la glòrio des Latis :

« Raças que l'ingenia al prougrès accompagna[1],
» Que per devèsa an prés : Ni flaugnars, ni felouns ;
» As Latins de la libra Helvecìa ! as Valouns !

---

[1] Les vers guillemetés sont un extrait du magnifique toast porté par M. Bringuier, après le banquet, lors du concours philologique et littéraire qui eut lieu

Et qui trop tôt seront passées ;
Tous en langage roman :
Italien, français, catalan ;
Celui-ci en prose et l'autre en vers,
Dans vingt idiomes divers.

Le premier incliné, à Mistral
Qui a fait Mireille, Calendal
Et plus d'une autre œuvre immortelle
Qui à notre langue maternelle
Ont rendu le laurier gracieux
Qu'à son front, reine sans rivale,
Elle portait au temps des troubadours.

Sous le souffle de son âme ardente,
Bringuier prend sa lyre éclatante
Et, d'une voix qui retentit,
Brinde à la gloire des Latins :

« Races que le génie au progrès accompagne,
» Qui pour devise ont pris : Ni flatteurs, ni félons,
» Aux Latins de la libre Helvétie ! aux Wallons !

à Montpellier en 1875. — Voir *Revue de la Société des langues romanes*, année 1875. — Concours philologique et littéraire.

» A la Roumanìa! à l'Espagna,
» Qu'en sous làguis, sens perdre un péu de sa grandou,
» De soun antica glòria enaussa encar l'ounou !

» A sa valenta sorre, à la bela patrìa
» Des Vascos, des Camoens : à la Lusitanìa!
» Au Brasil, la boulhenta e frianda nacioun
» Engourgada dau lach de las raças latinas !
» Gouluda qu'en poumpant sa civilisacioun,
   » Ie fasiè sanna las tetinas !

. . . .
. . . .

» A la terra sacrada e santa: à l'Italìa !

. . . .

» Sòu ount' un pople' rèi à passejat souns dieus,
» Brès ounte lou vièlh mounde a fach sa renaissença,
» Lous rais qu'an caufejat nostras obras sou tieus.
   » Tout péris, sauve la semença
» Qu'as, seménaire grand, dins ta prouspéritat
» E tous alargamens, trach' à l'umanitat.

» A tus, França, que n'ausa encana dins soun brinde !
» Oh! pas fauta d'amour, mais d'un pensamen linde,
» Faute d'aveire en éu ce que i'a de pus naut,

» A la Roumanie ! à l'Espagne,
» Qui, dans ses soucis ne perdant pas un fétu de sa grandeur,
» De son antique gloire élève encore l'honneur !

» A sa vaillante sœur, à la belle patrie
» Des Vasco, des Camoens, à la Lusitanie !
» Au Brésil, la bouillante et friande nation
» Toute gorgée du lait des races latines !
» Gloutonne qui, en suçant leur civilisation,
       » Leur faisait saigner les mamelles !

. . . .

. . . .

» A la terre sacrée et sainte, à l'Italie !

. . . .

» Sol où un peuple-roi a promené ses dieux,
» Berceau où le vieux monde a fait sa renaissance,
» Les rayons qui ont réchauffé nos œuvres sont tiens.
       » Tout périt, hormis la semence
» Que tu as, semeur grand, dans ta prospérité
» Et tes largesses, jetée à l'humanité.

» A toi, France, qu'il n'ose exalter dans son *brinde !*
» Oh ! pas faute d'amour, mais d'une pensée claire,
» Faute d'avoir en lui ce qu'il y a de plus haut,

» Pus grand que tous serres aupestres,
» Qu'avien Danta, Petrarca e qu'an quittat lous mèstres
    » Au jouvènt qu'a fach Calendau !....

E pei crido : « Roumans, sem toutes fraire e sorre,
» E gara qu'à quaucun de nautres ie maucorre !
» Se voulèm ioi garda lou timou dau vaisséu
» Que l'alé dáu boun Diéu passèja en miè lou mounde,
» De traval e de pas se voulèm nostre abounde,
» Seguen ce que tenien lous litous : un faisséu ! »

    Azais, qu'en sa bouco courouso
    Ho toujour la lengo das dieus,
    Am sa paraulo amistadouso
    Improuviso un sounet gracieus,
    Ount brindo « à l'aimablo compagno [1],
    » As sabens venguts de Paris,
    » Al mèstre qu'o mandat l'Espagno,
    » A Mistral, el paure apendris ;
    » As felibres que la mountagno
    » Tant pla que la combo abaris ;
    » Gais roussignols que, senso cagno,
    » Cantou 'n la lengo del païs,
    » La gento lengo maternalo

[1] Les vers guillemetés sont la reproduction du sonnet improvisé par M. Gabriel Azaïs, au même banquet.

» De plus grand que tes pics alpestres,

» Qu'avaient Dante, Pétrarque, et qu'ont laissé les maîtres
        » Au jeune qui a fait Calendal....

Et puis il s'écrie : « Romans, nous sommes tous frère et sœur ;

» Et gare si à quelqu'un de nous il arrive malheur !

» Si nous voulons garder le timon du vaisseau

» Que le souffle de Dieu promène au milieu du monde ;

» Si nous voulons avoir abondance de travail et de paix,

» Soyons ce que tenaient les licteurs : un faisceau ! »

        Azaïs, qui dans sa bouche aimable
        A toujours la langue des dieux,
        Avec sa douce parole
        Improvise un sonnet gracieux
        Et toaste à « l'aimable assemblée,
        » Aux savants venus de Paris,
        » A celui qu'a envoyé l'Espagne,
        » A Mistral, lui, pauvre apprenti ;
        » Aux félibres que la montagne
        » Aussi bien que la plaine produit ;
        » Gais rossignols qui, sans paresse,
        » Chantent dans la langue du pays ;
        » La gentille langue maternelle

» Que s'enairo quand tout davalo,
» Qu'aimou Mount-peliè e Beziés,
» Que gardarem puro e sens taco,
» E, per l'aparà s'on s'attaco,
» Sarem jamai courts ou coustiès.

Se brindo as felibres d'Espagno :

A Fountanals, à Verdaguer,
Quintana, Fournels, Balaguer,
Grands noums que la glòrio accoumpagno.

A Roquo-Ferrier, Tourtoulou,
Chabaneau, Arnavielho, Espagno,
Villonovo, Egger, Revillout,
Paris, trelusento pleiado,
Sabens à tèsto illuminado
Per l'ingèni, mages douctous
E mèstres en letros roumanos,
Que nous ensegnou, am sas lessous,
De la lengo.des troubadous
Lous principes e lous arcanos.

As presidents, as capouliés :

A l'autou del grand Dictiounari,

» Qui s'élève quand tout s'abaisse,
» Qu'aiment Montpellier et Béziers,
» Que nous garderons pure et sans tache,
» Et, pour la défendre si on l'attaque,
» Ne serons jamais ni courts, ni maladroits. »

On *brinde* aux félibres d'Espagne :

A Fontanals, à Verdaguer,
Quintana, Fournels, Balaguer,
Grands noms que la gloire accompagne.

A Roque-Ferrier, Tourtoulon,
Chabaneau, Arnavieille, Espagne,
Villeneuve, Egger, Revillout,
Paris, brillante pléiade,
Savants à tête illuminée
Par le génie, grands docteurs
Et maîtres en lettres romanes,
Qui nous enseignent, avec leurs leçons,
De la langue des troubadours
Les principes et les secrets.

Aux présidents, aux capouliers :

A l'auteur du grand Dictionnaire,

Sabènt prioun e secretari
De l'Academi de Beziés,
De fosso l'ainado et la maire;
Dins sa jouvenso ardit cassaire,
Per malur i'o d'acò qrant'ans,
Grand aro en miech des escribans.
Fablos, sournetos admirados,
Que vàlou mai que soun pes d'or,
Soun Reprin, sas bellos Vesprados,
Qu'on legis pas sens estrambor,
Sous Troubadous e d'autres libres
L'òu fach un mèstre des felibres.

A Laforguo! al gent president
De nostro aimado Mantenenso.
Moudèste, dous e benvoulent,
Am tant de goust e tant d'aisenso
Manejo lou parla mairal,
Qu'amai siègue pas Provensal,
Mai d'un, quand douvris la sesilho,
Pren sa vouès per la de Mistral.
Es pas tout; sès de sa familho,
A l'aurelho dounc vous dirai
Ce qu'à mous èlhs l'embèlis mai :
Soun boun cor subre tout l'hounouro,

Savant profond et secrétaire
De l'Académie de Béziers,
D'un grand nombre l'aînée et la mère ;
Hardi chasseur dans sa jeunesse,
Par malheur il y a de cela quarante ans,
Grand aujourd'hui au milieu des écrivains.
Fables et contes admirés
Qui valent plus que leur poids d'or,
Son Regain, ses belles Soirées
Qu'on ne lit pas sans enthousiasme,
Ses Troubadours et d'autres livres
L'ont fait un maître des félibres.

A Laforgue, au gracieux président
De notre bien-aimée Maintenance.
Modeste, doux et bienveillant,
Avec tant de goût et tant d'aisance
Il manie la langue maternelle,
Que, bien qu'il ne soit pas Provençal,
Plus d'un, quand il ouvre la séance,
Prend sa voix pour celle de Mistral.
Ce n'est pas tout : vous êtes de la famille.
A l'oreille donc je vous dirai
Ce qui, à mes yeux, l'embellit encore plus:
Plus que tout, son bon cœur l'honore ;

7

Semeno al tour d'el lou benfach,
E sa man gaucho sempre ignouro
Lou be que sa man drecho ò trach.

Al president de la Cigalo,
Cornelho de nostre païs,
E del païs glòrio inmourtalo,
Qu'à Lunèl envejo Paris !

A Donnadieu, mèstre troubaire,
Gent felibre, eminent autou,
Bèl president, bèl ouratou,
Critico erudit, encantaire
Que dis tant pla tout ce que dis,
Que, quand parlo dins la sesilho,
Cadun lou bado e l'applaudis !

As Aubanèl, à Roumanillo,
Soulels de rais diademats !

As troubaires bèi courounats !

A lous qu'enairo la scienso !

As grands felibres de Prouvenso
Qu'òu illuminat lou Miejour

Il sème autour de lui les bienfaits,
Et toujours sa main gauche ignore
Le bien que sa main droite a fait.

Au président de la Cigale,
Corneille de notre pays,
Et du pays gloire immortelle
Qu'à Lunel envie Paris !

A Donnadieu, maître trouvère,
Gracieux félibre, auteur éminent,
Beau président, bel orateur,
Critique érudit, enchanteur
Qui dit si bien tout ce qu'il dit,
Que quand il parle dans la séance,
Chacun l'admire et l'applaudit !

A Aubanel, à Roumanille,
Soleils ceints d'un diadème de rayons !

Aux trouvères aujourd'hui couronnés !

A ceux qu'élève la science !

Aux grands félibres de Provence
Qui ont illuminé le Midi

E qu'espandissou, cado jour,
Sul mounde lou lum de sa glòrio !

A Jansemin, à la memòrio
D'aquel noble e grand troubadour,
Qu'as autèls, as paures, dounavo
Tout ço qu'amb sous vèrses gagnavo.
Fraires que Dieus ho prouvesits,
Coumo el de sous douns pouderouses,
Per èstre coumo el benesits,
Coumo el aimas lous malurouses.

Al felibre de Mountpellier,
Que fo de trabal coumo qranto
E nous instruis e nous encanto !
A-s-En Amfos Roquo-Ferrier !
Joust sa plumo sempre valhento
Se vèi espeli, tour à tour,
Vèrses daurats, proso sabento.
A-n-el, counfraires, nostre amour !
A-n-el nostro recouneissenso !
Car, per obros e sapienso,
Douno, gent, prioun e bragard,
Uno glòrio à la Mantenenso
Dount cadun haurem nostro part.

Et qui répandent chaque jour
Sur le monde la lumière de leur gloire!

A Jasmin, à la mémoire
De ce noble et grand troubadour,
Qui aux autels, aux pauvres, donnait
Tout ce qu'avec ses vers il gagnait.
Frères que Dieu a comblés,
Comme lui de ses dons puissants,
Pour être bénis comme lui,
Aimez comme lui les malheureux.

Au félibre de Montpellier
Qui fait du travail comme quarante
Et qui nous instruit et nous charme !
A Monsieur Alphonse Roque-Ferrier !
Sous sa plume toujours active,
On voit éclore tour à tour
Vers éclatants, prose savante.
A lui, confrères, notre amour!
A lui notre reconnaissance !
Par ses œuvres et sa science,
Il donne, gracieux, profond et charmant,
Une gloire à la Maintenance
Dont chacun-nous aurons notre part.

A Wiliam Wyse, al felibre
Harmonious, franc, fièr e libre!
Sous cants, sempre efans d'estrambor,
Boumbissou 'n gisclan de soun cor.
Que cante sa bello adourado,
Sa grando ardento espelhandrado
Que plouro joust soun arpo d'or,
Ou la Poulougno encabestrado
Joust la pougno forto e sarrado.
Dal rude emperaire del Nord ;
Que cante lou gaud, la jouvenso,
Ou lou soulel de la Prouvenso,
Ou las caressos de l'amour,
Toujour sa pouesìo es bello
E restountis amb' esplendour.
Lou pioch nud coumo la pradèlo,
Coumo las joios, las doulous,
Las espignos coumo las flous,
E la nibou coumo l'estello,
Dins soun rithme ardent e courous,
Tout se fo causo encantarello
Coumo sous bèls Parpalhous blus,
E pertout, pouèto, illumino,
De sous rais et de sous belus,
Toutos las draios ount camino.

A William Wyse, au félibre
Harmonieux, franc, fier et libre !
Ses chants, toujours nés de l'enthousiasme
Retentissent en jaillissant de son cœur.
Qu'il chante sa belle adorée,
Sa grande ardente déguenillée
Qui pleure sous sa harpe d'or,
Ou la Pologne assujettie au frein,
Sous la poigne forte et serrée
Du rude empereur du Nord ;
Qu'il chante la joie, la jeunesse,
Ou le soleil de la Provence,
Ou les caresses de l'amour,
Toujours sa poésie est belle
Et retentit avec splendeur.
Le pic nu comme la prairie,
Comme les joies, les douleurs,
Les épines comme les fleurs
Et la nue comme l'étoile,
Dans son rhythme ardent et gracieux,
Tout devient chose enchanteresse
Comme ses beaux Papillons bleus,
Et, partout poëte, il illumine,
De ses rayons et de ses étincelles
Toutes les voies où il chemine.

A Gleiso, troubaire inspirat
Qu'en un jour allègre de voio,
De las Sèt Vertuts de la joio
Lous benfaches ho celebrat!
Dins soun cant courous, cado joio es bello.
Caduno, à soun tour, sa vertut revèlo
Per soun rire ou dous, ou fort, ou plasent,
Bèl, ou sage, ou sant, toujour benfasent.

Ne dirai que dous : lou prumiè, qu'apèlo
Lou rire plasent,
Es un subre ben
Que tout emmantèlo
De jouinesso bello,
E fo trelusent,
Tout ço qu'es vielhas, ou soumbre, ou cousent.

Mais lou pus bèl es lou darrié que canto :
Rire pouderous e rire agradieus,
Filh dous e divin de la joio santo,
Gueris amo e cor e lou mal encanto :
Es vengut del ciel e remounto à Dieus.

De la joio antal, sèt vertuts aimados,
Sou, pèr Antonin, bèlomen cantados.

A Glaize, trouvère inspiré,
Qui en un jour joyeux d'entrain
Des Sept Vertus de la joie
Les bienfaits a célébré.
Dans son chant gracieux, chaque joie est belle ;
Chacune, à son tour, sa vertu révèle
Par son rire, ou doux, ou fort, ou plaisant,
Beau, ou sage, ou saint, toujours bienfaisant.

Je n'en dirai que deux : Le premier, qu'il nomme
Le rire plaisant,
Est un souverain bien
Qui, tout à nos yeux revêt
Des grâces de la jeunesse,
Et montre brillant
Tout ce qui est vieux, sombre ou douloureux.

Mais le plus beau est le dernier qu'il chante :
Rire puissant et rire gracieux,
Fils divin et doux de la joie sainte,
Il guérit l'âme et le cœur, et charme le mal.
Descendu du ciel, il remonte à Dieu.

De la joie, ainsi, sept vertus aimées
Sont par Antonin bellement chantées ;

Mais uno, à moun sen, manco... o pas coumptat
La dousso vertut de la bello joio
Que toutes havem quand, à sa santat,
De tout nostre cor brindam ambé voio.

A tus atabé, Bourelli!
Ta muso qu'es fecoundo maire,
Tant de flous ho fach espeli,
Que, s'ambé toutos vouliam faire
De bouquets, fosso ans nous calrió.
Has pres per pairi Lafountaino,
Engèni que jamai noun maino.
Se, per miracle, revivió
E qu'en nostre païs venguèsso,
Oh! baste que Dieus ou vouguèsso!
Lou boun ome trabalharió,
Entre qu'aurió legit toun libre,
A se faire el mèmes felibre,
E per soun filh t'adouptarió.

Al docte proufessoú Soucalho,
Qu'o fach mai d'un libre sabent
E sèmpre ambé glòrio trabalho!
Des ministres courrespoundent,
President des arqueoulogos,

Mais, à mon avis, une manque... il n'a pas compté
La douce vertu de la belle joie
Que nous avons tous, quand, à sa santé,
De tout notre cœur nous brindons gaiement.

A toi aussi, Bourelli !
Ta muse, qui est féconde mère,
Tant de fleurs a fait éclore,
Que si avec toutes nous voulions faire
Des bouquets, il nous faudrait beaucoup d'années.
Tu as pris pour parrain La Fontaine,
Génie qui jamais ne faiblit.
Si par miracle il revivait,
Et qu'en notre pays il vînt,
Oh! quel bonheur que Dieu le voulût!
Le bonhomme travaillerait,
Dès qu'il aurait lu ton livre,
A se faire lui-même félibre
Et pour son fils il t'adopterait.

Au docte professeur Soucaille
Qui a fait plus d'un livre savant
Et toujours avec gloire travaille !
Des ministres correspondant,
Président des archéologues,

Per el sabou lous de Beziés
Coussi d'illustres pedagogos
Ensegnavou sous devanciés.
Enaurat per la sapienso,
Per soun caractèro estimat,
Ple de cor e de benvoulenso,
De toutes es un mèstre aimat.

As troubaires de Roumanìo,
Vestits de glòrio e d'esplendour,
Que, joust l'alé de l'engenìo,
Maridou tant pla, cado jour,
Dins sous cants de guerro e d'amour,
Lous vans del cor am l'armounìo !

Al pus grand, riche de bèutat
E de glorio ! A lou qu'o cantat
La legendo miraculouso
De Lia, l'Empérairis blouso ;
Vierge, coumo en un sounge bel,
Ne vei lou que rèvo lou ciel.
Del soulel ardento amourouso,
Sul se d'aquel dieus mouriguet,
Mais alauzèto renasquet.

Par lui savent les gens de Béziers
De quelle manière d'illustres pédagogues
Enseignaient leurs ascendants.
Grand par la science,
Estimé par son caractère,
Plein de cœur et de bienveillance
C'est un maître aimé de tous.

Aux trouvères de Roumanie
Vêtus de gloire et de splendeur,
Qui, sous le souffle du génie,
Marient si bien, chaque jour,
Dans leurs chants de guerre et d'amour,
Les élans du cœur à l'harmonie !

Au plus grand, riche de beauté
Et de gloire ! A celui qui a chanté
La légende miraculeuse
De Lia, l'Impératrice éblouissante,
Vierge, comme en un beau songe
En voit celui qui rêve le ciel.
Du soleil ardente amoureuse,
Sur le sein de ce dieu elle mourut,
Et puis renaquit alouette.

El o, tabé, soun amistouso,
Anjo ou Muso, sabi pas trop ;
Saique Anjo e Muso, tout al cop,
Que, souvent, d'amour enfiocado,
Su soun cor lou prend tendroment,
E, toujour a-n-el abrassado,
Lou porto, urouso, doussoment,
Dins lou ciel de la pouèsìo.
Aqui, lou bado, li souris
Coumo uno maire, e lou nourris
Pas de nectar e d'ambroisìo,
Lous inmourtals n'òu pas besoun,
Mais d'harmounìo e de bel soun,
De caressos toujour nouvellos,
De brassados e de poutous.
De la bouco de toutes dous
Lèu salissou d'hymnos tant bellos,
Un cant tant dous e tant gracieus
Qu'en lous ausiguen, las estellos
Dardalhou de raiouns pus vieus,
E qu'Homèro, Virgilo, Hourasso,
Danto, lous Reis d'aquel séjour.
Al davant d'el, per li fa plasso,
Venou risents... Mais, ple d'amour,
El, per sa patrìo houndriado

Lui a aussi sa douce amie.

Ange ou Muse, je ne sais trop ;

Peut-être, à la fois ange et muse,

Qui souvent, embrasée d'amour,

Sur son cœur le prend tendrement,

Et, toujours pressé dans ses bras,

Le porte, heureuse, doucement,

Dans le ciel de la poésie.

Là, elle le contemple, lui sourit

Comme une mère et le nourrit,

Pas de nectar et d'ambroisie,

Les immortels n'en ont pas besoin,

Mais d'harmonie et de beaux sons,

De caresses toujours nouvelles,

D'embrassements et de baisers.

De la bouche de tous les deux

Bientôt sortent de si beaux hymnes,

Un chant si doux et si gracieux,

Qu'en les entendant, les étoiles

Jettent des rayons plus vifs,

Et qu'Homère, Virgile, Horace,

Dante, les rois de ce séjour,

Au-devant de lui, pour lui faire place,

Viennent riants. Mais, plein d'amour,

Lui, pour sa belle patrie

E l'hounou d'un pople valent,
Das brasses dé sa divo aimado
Se derrabo, lou cor doulent...

Laissen à lou qu'escrieu l'històrio
Lou plase de counta la glòrio
Del pouderous home d'estat;
Brinden, nautres, à la santat
De nostre illustre e bel counfraire,
Del grand poèto, del troubaire!

A Toulouso-Lautrec! Soun noum
A la pensado remembrio
Des grands comtes lou grand renoum
E del païs la vièlho glòrio ;
Sas obros, soun gènt parauli,
A nostre esperit Goudouli.

A Junior Sans! al felibre
Qu'o fach de sa plumo un pincèl.
Tout ce qu'es pintrat dins soun libre,
Es tant vrai, tant vivent joust l'èlh,
Qu'on ou vei, be mai qu'on crei i èstre.
Fin oubservaire, es un grand mèstre,
Quand repèto lou parladis

Et l'honneur d'un peuple vaillant,
Des bras de sa déesse aimée
S'arrache, le cœur plein de tristesse.

Laissons à celui qui écrit l'histoire
Le plaisir de conter la gloire
Du puissant homme d'Etat,
Et brindons, nous, à la santé
De notre illustre et beau confrère,
Du grand poëte, du trouvère !

A Toulouse-Lautrec ! Son nom
Rappelle à la pensée
Des grands comtes la grande renommée
Et du pays la vieille gloire ;
Ses œuvres, sa gracieuse parole,
A notre esprit Goudoulin.

A Junior Sans ! Au félibre
Qui a fait de sa plume un pinceau.
Tout ce qui est peint dans son livre
Est si vrai, si vivant sous les yeux,
Qu'on le voit, bien plus, qu'on croit y être.
Habile observateur, il est un grand maître,
Quand il rapporte le bavardage

8

De tout aquelos fenestrieiros,
Fennos vanos e petoufieiros,
Qu'ambé sa lengo que malcis,
Fissou parents, amics, vesis;
Falsos, marridos ou laugieiros,
Toujour darrè, d'aici, d'ala,
Per lou plasé de mal parla,
Fissou pertout couma las nieiros ;
Pertout distillou soun pouisou,
E s'aviòu pas pòu del bastou,
Fissariòu soun ome e soun paire.

E pèi, en un sublime accord,
Quand sa vouès s'enairo am soun cor,
Per canta la Franso, sa maire,
Sous cants alucou l'estrambord.
Que sa Muso loungtemps l'inspire !
Sap aima, fa ploura, fa rire.
A Sans, Moussus!... Urousamen,
S'à-n-aquel pouderous cantaire
Lou ploura n'agrado pas gaire,
Lou rire amb'esprit i counven.

A Fourés, aucèl luminari
Que canto dins Càstelnaudari

De toutes ces *fenêtrières,*
Femmes vaines et médisantes,
Qui avec leur langue qui blesse,
Piquent parents, amis, voisins ;
Fausses, méchantes ou légères,
Toujours derrière, d'ici, de là,
Pour le plaisir de médire,
Piquent partout, comme les puces,
Partout distillent leur poison,
Et, si elles n'avaient pas peur du bâton,
Piqueraient leur mari et leur père.

Et puis, en un sublime accord,
Quand sa voix s'élève avec son cœur
Pour chanter la France sa mère,
Ses chants allument l'enthousiasme.
Que longtemps sa Muse l'inspire !
Il sait aimer, faire pleurer, faire rire.
A Sans, Messieurs ! Heureusement,
Si à ce puissant chanteur
Les larmes ne plaisent guère,
Le rire avec esprit lui convient.

A Fourès, oiseau lumineux
Qui chante à Castelnaudary

E que n'es la joio e l'amour !
Coumo d'uno font aboundouso
L'aigo lindo rajo toujour,
Antal de sa veno courouso
Toujour cants e vèrses nouvèls
Rajou lindes, siaves e bèls.

A l'artisto qu'am sa pintruro
Sap, en dounant à la naturo
Vido, paraulo e mouvimen,
Fa naisse en l'amo encantamen,
Qu'es atabé gracieus troubaire !
Al retrat fidèl d'aquel fraire,
Toutes disès : Acò 's Labor.
Es el, es lou gent enfadaire
Qu'o pres e gardo nostre cor.

A Tavan, al mèstre troubaire
Qu'o tant pla cantat d'un bèl aire
E soun amour e sas doulous !
Es am sa jouvc ; toutes dous,
Joust la luno qu'amoundaut raio
E que dins l'aigo se miraio,
A la font, assetats soulets,
Sens pensa mai à la dourgueto

Et qui en est la joie et l'amour !
Comme d'une fontaine abondante
L'eau limpide coule toujours,
Ainsi de sa veine gracieuse
Toujours vers et chants nouveaux
Coulent limpides, suaves et beaux.

A l'artiste qui avec sa peinture
Sait, en donnant à la nature
Vie, parole et mouvement,
Faire naître l'enchantement,
Qui est aussi gracieux trouvère !
Au portrait fidèle de ce frère,
Vous dites tous : C'est Labor.
C'est lui, c'est le gentil sorcier
Qui a pris et garde notre cœur.

A Tavan, au maître trouvère
Qui a si harmonieusement chanté
Et son amour et ses douleurs.
Il est avec sa fiancée ; tous deux,
Sous la lune qui là-haut rayonne
Et qui se mire dans l'eau,
A la fontaine, assis tout seuls,
Sans plus penser à la cruche

Que vèsso, qu'à la cansouneto
De la reineto ou des grilhets,
Débanou lous fieus poulidets
Del catèl d'amour qu'òu dins l'amo.
El, qu'o lou cor brousent de flamo,
I dis e li redis cent fes :
« Iéu t'ame, o moun amigo bello !
» E sus moun regard que te bèlo
» Abèisso, abèisso ti parpèlo !
» Me fau toun amour à tout pres. »
Elo respound : « Ta parauleto,
» Que me rend touto tremouleto,
» Me fo pamens tant de plesì,
» Que la voudriéu toujours ausì.
» Mais toun regard, noun i'as pres gardo,
» Me pivello quand me regardo.
» Mon amour? oh! te l'ai douna ;
» Car, o jouvent! tre te counèstre,
» Moun cor t'avié chausi per mèstre.
» Es dins uno mar de bènèstre,
» Aro que nous sian résouna[1]. »

Dins sa paraulo encantarello

---

[1] Les vers précédés de guillemets sont extraits du livre de M. Tavan intitulé :'*Amour e Plour*.

Qui verse qu'à la chansonnette
De la rainette et des grillons,
Dévident les fils joliets
De l'écheveau d'amour qu'ils ont dans l'ame.
Lui, qui a le cœur brûlant de flamme,
Lui dit et lui redit cent fois :
« Je t'aime, moi, mon amie belle !
» E sur mon regard qui t'admire
» Abaisse, abaisse tes paupières.
» Il me faut ton amour à tout prix. »
Elle répond : « Ta douce parole,
» Qui me rend toute tremblante,
» Me fait cependant tant de plaisir,
» Que je voudrais toujours l'entendre.
» Mais ton regard, tu n'y a pas pris garde,
» Me fascine quand il me regarde.
» Mon amour ? oh ! je te l'ai donné ;
» Car, ô jeune homme, dès que je t'ai connu,
» Mon cœur t'avait choisi pour maître.
» Il est dans un océan de bien-être,
» A présent que nous nous sommes entendus. »

Dans sa parole enchanteresse

I'o tant de candou virginello,
E dins lou cor de toutes dous
Tant de franquetat e de flous,
Tant de blancos flous d'innoucenso,
Qu'en nous remembran las doussous
De nostro flourido jouvenso,
Nous fòu enveja sous poutous.

E pèi, quand l'aimado es malauto,
Quand soun frount brullo e soun pouls sauto
E que sa maire, jour et neit,
Lagremejo al pèd de soun lèit;
Quand vei qu'or e douctous, pecaire !
Podou pas res per la gueri,
Que souffris e que vo mourri,
Am lou van de soun cor aimaire,
Toumbo à ginouls davans la crous,
E crido : O moun Dieu ! Dieu sauvaire !
Vesès moun cor e mas doulous,
Fasès un miracle per clo.
Cado jour, al pèd de l'autèl,
Vous pregavo am soun cor d'angèlo,
Lous èlhs e l'amo dau lou cièl.
« Es ma couloumbo amistadouso,
» Lou plat lou meiour de ma fam ;

Il y a tant de candeur virginale,
Et dans le cœur de tous les deux
Tant de franchise et tant de fleurs,
Tant de blanches fleurs d'innocence,
Qu'en nous rappelant les douceurs
De notre jeunesse fleurie,
Ils nous font envier leurs baisers.

Et puis, quand la bien-aimée est malade,
Quand son front brûle et son pouls saute,
Et que sa mère, jour et nuit,
Pleure au pied de son lit ;
Quand il voit qu'or et docteurs, hélas !
Ne peuvent rien pour la guérir,
Qu'elle souffre et qu'elle va mourir,
Avec l'élan de son cœur aimant,
Il se jette à genoux devant la croix
Et crie : O mon Dieu ! Dieu sauveur !
Vous voyez mon cœur et mes douleurs,
Faites un miracle pour elle.
Chaque jour, au pied de l'autel,
Elle vous priait avec son cœur d'ange,
Les yeux et l'âme vers le ciel.
« Elle est ma colombe aimante,
« Le mets le meilleur de ma faim ;

» Es moun amigo, moun espouso
» E la maire de moun enfant. »

O Dieu mort per sauva la terro !
Infinido es vostro bountat,
« En vous es ma souleto espèro »,
Moun Dieu ! rendès-i la santat !
I'o tant de fe dins sa prièro.
Dins sa doulou i'o tant d'amour
E tant de cor, que sa tristesso
De nostro amo se fo mestresso,
E que dins nostre èlh nais uñ plour.

Al felibre que d'un franc rire
Nous ho fach pouffa tant de fes,
E qu'ambé tant d'entrin sap dire
Sous cants jouiouses : à Laurès,
Galoi efan de Villonovo,
Pastat d'esperit e de sal,
Que, sens ou saupre, es un rival
Del grand priou de Cellonovo !

A Fesquet, biblico pastour,
Qu'amb' uno vouès harmouniouso
Ho repetat l'imne d'amour

« C'est mon amie, c'est mon épouse
« Et la mère de mon enfant.

O Dieu, mort pour sauver la terre !
Infinie est votre bonté ;
« En vous est ma seule espérance »,
Mon Dieu! rendez-lui la santé !
Il y a tant de foi dans sa prière,
Et dans sa douleur tant d'amour
Et tant de cœur, que sa tristesse
De notre âme se fait maîtresse,
Et que dans notre œil naît un pleur.

Au félibre qui d'un franc rire
Nous a fait éclater tant de fois,
Et qui avec tant d'entrain sait dire
Ses chants si gais : à Laurès,
Joyeux enfant de Villeneuve,
Pétri d'esprit et de sel,
Qui, sans le savoir, est un rival
Du grand prieur de Celleneuve.

A Fesquet, biblique pasteur,
Qui, avec une voix harmonieuse,
A répété l'hymne d'amour

Que cantavo à soun amistouso,
Quand èro jouve, ardènt e bèl,
Saloumoun, lou rei d'Israël!
Èro tant bello e tant poulido,
La bruno vièrge Sulamido,
Ambé soun parla tant courous,
Sous èlhs blus, sous poulits penous
E sa bouqueto carminado
E coumo uno flou perfumado!
Cercavo, amb' un cor tout brousent,
Lou bèl pastour que la belavo,
Que dé l'aima coumo l'aimavo
Havio pas tort, lou bèl jouvent.

Al paire de la Rampelado,
Al felibre à la vouès aimado,
A Roumieu que, dins soun Maset,
Coumo l'aucèl dins la ramado,
Amb soun gargalhol linde e net,
E dins la lengo maternalo,
Tre que del cièl l'aubo davalo,
Roussignoulejo sas cansous,
E qu'o sapiut, artisto urous,
Dins uno scèno vertadièro,
Pintra lou Despiech amourous

Que chantait à son amoureuse,
Quand il était jeune, ardent et beau,
Salomon, le roi d'Israël !
Elle était si belle et si jolie,
La brune vierge Sulamite,
Avec son parler si gracieux,
Ses yeux bleus, ses jolis petits pieds
Et sa petite bouche carminée
Et comme une fleur parfumée !
Elle cherchait, avec un cœur si ardent,
Le beau pasteur qui l'adorait,
Que de l'aimer comme il l'aimait
Il n'avait pas tort, le beau jeune homme.

Au père de la Rampelade,
Au félibre à la voix aimée,
A Roumieux qui, dans son Maset,
Comme l'oiseau dans la ramée,
Avec son gosier clair et net,
Et dans la langue maternelle,
Dès que du ciel l'aube descend,
Chante comme un rossignol ses chansons,
Et qui a su, artiste heureux,
Dans une scène pleine de vérité,
Peindre le Dépit amoureux,

D'un cop de pincèl pouderous
Coumo la plumo de Molièro.

A Gagnaud Berluc-Perussis,
Estello doublo que lusis
Amount, al cièl del Felibrige ;
Frount courounat, engèni riche,
Ho sapienso e gai sabé ;
Mage troubaire e filousofo,
Soul, ho dos glòrios ; atabé,
Ho troubat en el prou d'estofo
Per douna d'un soul cop, verai,
Am sa doublo vido enaurado,
Dous reires illustres de mai
As efans d'uno rasso oundrado.

A Bistagno, qu'o de Beziés
Counquistat toutes lous lauriés.
Muso franceso e prouvensalo
L'òu toutos dos per amourous ;
Caduno, de l'autro rivalo,
S'engenìo à lou rendre urous.
Fièr de sas bellos amistousos,
El, sempre ardent e pouderous,
Sens s'inquieta se sou jalousos,

D'un coup de pinceau puissant
Comme la plume de Molière.

A Gagnaud Berluc-Pérussis,
Étoile double qui brille
Là-haut, au ciel du Félibrige ;
Front couronné, riche nature,
Il a science et gai savoir ;
Grand trouvère et philosophe,
Seul, il a deux gloires ; aussi
Il a trouvé en lui assez d'étoffe
Pour donner d'un seul coup, en vérité,
Avec sa double vie si élevée,
Deux aïeux illustres de plus
Aux fils d'une race honorée.

A Bistagne, qui de Béziers
A conquis tous les lauriers.
Muse française et provençale
L'ont toutes deux pour amoureux ;
Chacune, de l'autre rivale,
S'ingénie à le rendre heureux.
Fier de ses belles amies,
Et toujours ardent et puissant,
Lui, sans souci de leur jalousie,

De toutos dos prend las favous ;
E, jamai las de sas brassados,
Per las paga de sous poutous,
Ambé de rosos pla triados,
Vestidos de bellos coulous
E d'un dous perfum embaumados,
Per toutos dos, à sas velhados,
Fo de poulits bouquets de flous.

A Gras, à l'arderous troubaire
Qu'en maridan l'horre am lou bèl,
Ardit, engenious cantaire,
Ambé lou valent Reginèl,
Sa poulido pastresso aimado,
La bello bruno Announciado,
Gento heroïno de vingt ans,
Flou d'amour e flou de l'idèio,
E de carbouniés sacripands,
Marrido bando de brigands,
Ho fach uno grando epoupèio.

Subran, un se lèvo en criden :
A Bringuier ! L'oublidam ! brinden !
Quand la coupo serió grando coumo uno tino,
Nou'n deuriam engourgà per beure à la santat

De toutes deux prend les faveurs,
Et, jamais las de leurs caresses,
Pour les payer de leurs baisers,
Avec des roses bien choisies
Vêtues de belles couleurs
Et d'un doux parfum embaumées,
Pour toutes deux, à ses veillées,
Fait de jolis bouquets de fleurs.

A Gras, au bouillant trouvère,
Qui, en mariant l'horrible au beau,
Audacieux, ingénieux chanteur,
Avec le vaillant Réginel,
Sa jolie bergère aimée,
La belle brune Annonciade,
Gracieuse héroïne de vingt ans,
Fleur d'amour et fleur de l'imagination,
Et des charbonniers sacripants,
Horrible bande de brigands,
A fait une grande épopée.

Soudain, un se lève en criant :
A Bringuier ! Nous l'oublions ! toastons !
Quand même la coupe serait grande comme une cuve,
Nous devrions nous en gorger pour boire à la santé

9

Del fraire que tout aro am soun cor ho cantat
   L'hounou de la rasso latino,
E que, vou'n souvenès, un vèspre nous diguèt,
   Ambé sa voués dousso e courouso,
   La legendo meravilhouso
D'aquel paure roumieu, qu'al tems ancien venguèt,
   Coumo uno bouno Prouvidenso,
   A la cour del rei de Prouvenso :

   Lou reiaume èro desanat.
Lou tresor èro vide e lou pople, afanat,
Sans pan e sans trabal, contro lou rei cridavo ;
E lou rei, en vejen que soun poudé mainavo
   E que perdiò de jour en jour
   Lou respect, l'estimo e l'amour,
D'aquel pople incounstant qu'autro fes lou belavo,
Triste, dins soun palai gemissiò sans espèr.
   Lou roumieu prenguèt lou gouvèrn
   E soun gouvèrn seguèt fecounde.
   Lou tresor lèu seguèt roumplit ;
   Lou pople, qu'èro anequelit,
De trabal e de pan retroubèt soun abounde ;
L'Estat, sa resplendour e sa prousperitat ;
Lou rei, l'amour del pople e soun autouritat.
Mais lou roumieu sachèt que lou rei escoutavo

Du frère qui, tout à l'heure, a chanté avec son cœur
    L'honneur de la race latine,
Et qui, vous vous le rappelez, un soir, nous conta,
    Avec sa voix douce et gracieuse,
    La légende merveilleuse
·De ce pauvre pèlerin, qui, au temps ancien, vint,
    Comme une bonne Providence,
    A la cour du roi de Provence.

    Le royaume était ruiné,
Le trésor était vide, et le peuple, dans la misère,
Sans pain et sans travail, contre le roi criait ;
Et le roi, en voyant que son pouvoir s'affaiblissait,
    Et qu'il perdait de jour en jour
    Le respect, l'estime et l'amour,
De ce peuple inconstant qui autrefois l'adorait,
Triste dans son palais, gémissait sans espoir.
    L'étranger prit les rênes du gouvernement,
    Et son administration fut féconde :
    Le trésor fut bientôt rempli ;
    Le peuple, qui mourait de faim,
De travail et de pain retrouva l'abondance ;
L'État, sa splendeur et sa prospérité ;
Le roi, l'amour du peuple et son autorité.
Mais le pèlerin apprit que le roi prêtait l'oreille

Un courtisan jalous que costro el l'enfuscavo.
Sans res dire, aladoun, sans se plagne, prenguèt
    Soun bourdou, soun sac, sas cauquilhos,
    Se vestiguèt de las guenilhos
    Que sus el havió quand venguèt;
E, countent de soun obro e de sa counscienso,
    Sans faire al rei la reverenso,
    Sans dire adieu as Prouvensaus,
    S'esvaliguèt coumo un iglaus.

    A Nouguier, lou grand desterraire
    D'un mounde enterrat i'o milo ans.
Grand mage armat d'un lum qu'esclairo lou terraire,
Camino, l'èlh lusent, en miech des revenants,
Furo castèls sus pioch e clastros dins las coumbos,
Derevelho lous morts sepelits dins las toumbos
    E lous mostro vieus as sabans.
Soun calel, que dissipo e nèblo e brumo soumbro,
De la neit del passat, en illuminant l'oumbro,
Dono à l'histourian la visto e la clartat.
Troubaire, fo, quand vol, de poulidos sournetos,
    Un pauc lèstos, vivos e netos,
    Ount l'esperit es maridat
Am la fino rasou, la gracio e la bountat.

A un courtisan jaloux qui le calomniait.
Sans rien dire alors, sans se plaindre, il prit
      Son bourdon, son sac, ses coquilles,
      Se vêtit des guenilles
      Qu'il avait sur lui quand il arriva ;
Et, content de son œuvre et de sa conscience,
      Sans faire au roi la révérence,
      Sans dire adieu aux Provençaux,
      Il disparut comme un éclair.

      A Noguier, le grand exhumateur
      D'un monde enterré depuis mille ans.
Grand magicien armé d'une lampe qui éclaire le terroir,
Il marche, l'œil brillant, au milieu des revenants,
Fouille châteaux sur les pics et cloîtres dans les plaines,
Réveille les morts ensevelis dans les tombes
      Et les montre vifs aux savants.
Sa lampe, qui dissipe brouillard et brume sombre,
De la nuit du passé, en illuminant l'ombre,
Donne à l'historien la vue et la clarté.
Trouvère, il fait, quand il le veut, de jolies sornettes,
      Un peu lestes, vives et nettes,
      Où l'esprit est marié
Avec la finesse, la raison, la grâce et la bonté.

A Bounet, autre desterraire !
El, numismato investigaire,
Sap ount sou toutes lous escuts.
Que dempèi Noué sou nascuts :
Medalhos d'or pla rousigados,[1]
Sóus dins lou verdet pla negats,
Vièlhos mounédos pla bercados,
Mai qu'or e pèrlos admirados,
Sou d'el lous jouyèls recercats.
A lou veire courtés, moudèste,
A faire plasé toujour prèste,
Toujour risènt, on creirió pas
Qu'on ho joust l'èlh un savantas.
N'es un, pamens : dins lou terraire,
Se quauque jour vostre lauraire
Vei negrejá dins un selhou
Un vièl diniè, moustras-i-lou :
Vous diró s'aquelo troubalho
Val quicom, s'es uno medalho,
S'es de couire, d'or ou d'argen ;
Quant ho d'ans, de siècles, d'ount ven,
E se la facio rousigado
Qu'amb' uno loupo à peno ou vei
N'es pas l'effigio amagado

A Bonnet, autre exhumateur !
Lui, numismate, grand chercheur,
Sait où sont tous les écus
Qui ont paru depuis Noé.
Médailles d'or bien rongées,
Sous dans le vert-de-gris bien noyés,
Vieilles monnaies bien ébréchées,
Plus qu'or et perles admirées,
Sont de lui les joyaux recherchés.
A le voir courtois, modeste,
A faire plaisir toujours prêt,
Toujours riant, on ne croirait pas
Avoir sous les yeux un grand savant.
Il l'est, cependant ; dans le terroir,
Si quelque jour votre laboureur
Voit apparaître noir, dans un sillon,
Un vieux denier, montrez-le lui :
Il vous dira si votre trouvaille
Vaut quelque chose ; si c'est une médaille,
Si elle est de cuivre, d'or ou d'argent ;
Combien elle a d'années, de siècles, d'où elle vient,
E si la figure rongée
Qu'avec une loupe à peine on voit
N'est pas l'effigie cachée,

Dempèi tres cents ans, tant cercado,
E bèi, o bounur! retroubado,
D'un dieu, d'un Cesar ou d'un rei.

Lou darriè que prend la paraulo
Brindo d'abord à la santat
De toutes lous que soun à taulo,
Sens delembra cap d'invitat.
Pèi soun brinde ven galejaire ;
Amb de versets improuvisats,
Per ma fe ! pamens pla frisats,
Grand escriban, mais gent troubaire,
Aimable e galoi coumensal,
Fo lou retrat de cado fraire,
Assasounat d'un gro de sal.
Cadun recouneis sa figuro,
E, coumo es pas trop mascarat,
Urous d'èstre blanc en pintruro,
Aplaudis rede à soun retrat.

Las mans hòu picat. Lou silenso
Règno un moument dins l'assistenso.
A la font de glòrio e d'amour
Toutes hòu bégut à soun tour.
Pendent dos houros lèu passados,

Depuis trois cents ans, tant cherchée
Et aujourd'hui, ô bonheur! retrouvée,
D'un dieu, d'un César ou d'un roi.

Le dernier qui prend la parole,
Toaste, d'abord, à la santé
De tous ceux qui sont à table,
Sans oublier aucun des invités.
Puis son toast devient gouailleur ;
Dans des couplets improvisés,
Par ma foi! cependant bien frisés,
Grand écrivain, mais gracieux trouvère,
Aimable et joyeux commensal,
Il fait le portrait de chaque frère,
Assaisonné d'un grain de sel.
Chacun reconnaît sa figure,
Et, comme il n'est pas trop noirci,
Heureux d'être blanc en peinture,
Applaudit vivement son portrait.

Ses mains ont battu ; le silence
Règne un moment dans l'assemblée ;
A la fontaine de gloire et d'amour
Tous ont bu à leur tour.
Pendant deux heures vite écoulées,

La pouesìo am sous transports,
L'elouquenso à plenos oundados,
Hóu rajat e gisclat des cors.
Aro, tout es mut dins la salo.
Muso franceso e prouvensalo
Hòu laissat mouri sous accords,
E cadun, dins lou mol benèstre
Que seguis un reial dinna,
Per dire adieu e s'en ana,
N'espèro qu'un mot del grand mèstre.
Subran, supèrbe, l'èlh courous,
Se dresso e crido: Levas-vous !
Fraires, quicom manco à la fèsto ;
Levas-vous, e nauto la tèsto !
E naut encaro mai lou cor !
Brindem toutes amb' estrambor
A la dono tant desirado,
A la grando reino admirado,
Nostro sorre, à Carmen Silva !
Toutes cridou: Viva ! Viva!

Affablo, dousso, bouno, bello,
A ginouls soun pople la bèlo ;
Nautres l'aimam. Es à nostre èlh
Coumo uno bouno encantarello ;

La poésie avec ses transports,
L'éloquence à pleines ondées,
Ont coulé et jailli des cœurs.
A présent, tout est muet dans la salle.
Muse française et provençale
Ont laissé mourir leurs accords ;
Et chacun, dans le doux bien-être
Qui suit un royal festin,
Pour dire adieu et s'en aller,
N'attend plus qu'un mot du grand maître.
Soudain, superbe, l'œil riant,
Il se dresse et crie : Levez-vous !
Frères, quelque chose manque à la fête ;
Levez-vous, et haute la tête !
Et plus haut encore le cœur !
Brindons tous avec enthousiasme
A la dame si désirée,
A la grande reine admirée,
Notre sœur, à Carmen Silva !
Tous crient : Vïvat ! Vivat !

Affable, douce, bonne, belle,
A genoux son peuple l'admire ;
Nous, nous l'aimons. Elle est à nos yeux
Comme une bonne enchanteresse ;

Per nostro obro es coumo l'estello
Que lusiguèt en Israèl
Sus la bresso d'Emmanuèl.
L'univers entié la revèro.
Nascudo semblo per lou Cièl,
Fo mestiè d'anjo su la terro.
Es pouèto, e soun cant aimat,
Sus las alos de l'harmounìo,
S'enairo, efant de l'engenìo,
Dous, coumo lou souffle embaumat
D'uno alenado matinieiro
De Floro, muso printanieiro
De la gracio e de la frescou.
De Pascal e de Labruyèiro,
Mouralisto, o la prioundou.
Soun frount reial, que dardaiouno
D'esplendour e de majestat,
Ambé la gracio e la bèutat
Porto en mai la doublo courouno
De l'engèni, de la bountat.

O dich, cadun soun veire vido ;
Pèi bat de las mas, tusto, crido.
Dins la salo, que ressoundis
Joust la plausido, tout tremoulo :

Pour notre œuvre elle est comme l'étoile
Qui brilla en Israël
Sur le berceau d'Emmanuel.
L'univers entier la révère,
Elle semble née pour le Ciel
Et fait métier d'ange sur la terre;
Elle est poëte, et ses chants aimés
Sur les ailes de l'harmonie
S'envolent, fils du génie,
Doux, comme le souffle embaumé
De l'haleine matinale
De Flore, muse printanière
De la grâce et de la fraîcheur.
De Pascal et de Labruyère,
Moraliste, elle a la profondeur.
Son front royal, qui jette des rayons
De splendeur et de majesté,
Avec la grâce et la beauté
Porte en plus la double couronne
Du génie et de la bonté.

Il a dit, chacun vide son verre ;
Puis bat des mains, frappe, crie.
Dans la salle, qui retentit
Sous les applaudisnements, tout tremble.

L'hoste deforo se gandis
E, palle, luen se refaudis,
En creguen que l'houstal s'escroulo.

L'hôte se sauve dans la rue
Et, pâle, loin se réfugie,
En croyant que l'hôtel s'écroule.

QUATRENCO PARTIDO

———

Las Lecturos. — La Fèsto finido. — Ce que diròu las
gazetos. — Ce qu'ai dich. — Moun remord. — Mas
escusos. — Tourna-mai perque li sioi pas anat.

Mai d'un qu'o la tèsto pesanto
E de magagno un pauc sentis,
En vejen que lou som l'aganto,
Fo la reverenso e sourtis.
De bèls brindes, de pouesìo
Quand on ho lou cap pla nourrit;
De fi nectar e d'ambrosìo
Quand nostre estoumac abarit
En pas à digeri trabalho,
Après uno bouno ripalho;
Quand, sus camis, prados e flous
Embaumou tout de sas sentous,
Lou vèspre, joust la luno claro,

QUATRIÈME PARTIE

Les Lectures. — La Fête finie. — Ce que diront les
journaux. — Ce que j'ai dit. — Mon remords. — Mes
excuses. — De nouveau, pourquoi je n'y suis pas
allé.

Plus d'un qui a la tête lourde
Et se sent un peu de malaise,
En voyant que le sommeil le gagne,
Salue et sort.
De beaux *brindes,* de poésie
Quand on a la tête bien pleine ;
De fin nectar et d'ambroisie
Quand notre estomac bien nourri,
En paix à digérer travaille,
Après une bonne ripaille ;
Quand sur les chemins, prés et fleurs
Embaument tout de leurs senteurs,
Le soir, sous la lune claire,

10

L'èr fresc e perfumat val mai
Que lou fum neblous del cigaro,
Dins uno salo al mes de mai.
Mais lou troubaire o l'amo avido
De tout ce qu'enflambo lou cor.
La pouesìo e l'estrambor
Sou l'encantamen de sa vido,
E d'uno bello odo l'ausido
Es un dous e pus bèl regal
Per soun aurelho encadenado,
Que per la garganto afamado
D'un groumand un dinna reial.

Atabé, mai d'un vo deforo.
Mais lou mage noumbre demoro.
E pèi, cadun, quand ven soun tour,
Davant l'illustre areopage,
Des Latis la glòrio e l'amour,
Ambé counfienso e courage,
Legis ce qu'o fach de nouvèl,
Ou ce qu'o troubat de pus bèl,
Entre d'obros ensepelidos
Dempèi loungtemps dins sous cartous,
E qu'en furant sous tiradous
l' o quauques jours ho reculidos :

L'air frais et parfumé vaut mieux
Que la fumée nuageuse du cigare,
Dans une salle au mois de mai.
Mais le trouvère a l'âme avide
De tout ce qui enflamme le cœur.
La poésie et l'enthousiasme
Sont le charme heureux de sa vie,
Et l'audition d'une belle ode
Est un doux et plus beau régal,
Pour son oreille enchaînée,
Que pour le gosier affamé
D'un gourmand un festin royal.

Aussi plus d'un va au dehors,
Mais le plus grand nombre demeure,
Et puis chacun, quand vient son tour,
Devant l'illustre aréopage,
Des Latins la gloire et l'amour,
Avec confiance et courage
Lit ce qu'il a composé de nouveau,
Ou ce qu'il a trouvé de plus beau
Au milieu d'œuvres ensevelies
Depuis longtemps dans ses cartons,
Et qu'en fouillant dans ses tiroirs
Il a, depuis peu, recueillies.

L'un, un sounet as troubadous ;
L'autre, uno poulido sourneto
Que finis per lou cant del gal,
Uno fablo, uno cansouneto,
Un gent et galoi madrigal,
Pèi, uno idillo, uno epigramo ;
Un, de vèrses per uno damo
Ount ho mès lou chuc de soun cor ;
Que vous dirai ? uno roumanso,
Un himno d'amour à la Franso
Qu'es applaudit amb' estrambor,
Un floc beluguejan de proso.
Lou darrié, biscous e moroso,
Amb' uno plumo que mourdis,
Del temps que sem fo la pintruro.

A la fi de cado lecturo,
Touto la salo ressoundis
E tremoulo joust la plausido.
Lou que passo davant l'oustal
S'arrèsto espantat à l'ausido
D'aquel tremoulun infernal.
Tibo uno aurelho embalausido,
Penso entr'el, se revèrto e ris,

L'un, un sonnet aux troubadours ;
L'autre, une jolie sornette
Qui finit par le chant du coq,
Une fable, une chansonnette,
Un gracieux et joyeux madrigal,
Puis une idylle, une épigramme ;
Un, des vers pour une dame
Dans lesquels il a mis tout son cœur.
Que vous dirai-je ? une romance,
Un hymne d'amour à la France
Qui est applaudi avec enthousiasme,
Un morceau étincelant de prose.
Le dernier, quinteux et morose,
Avec une plume qui mord,
Du temps présent fait la peinture.

A la fin de chaque lecture,
Toute la salle retentit
Et tremble sous les applaudissements.
Celui qui passe devant la maison
S'arrête épouvanté au bruit
De ce tintamarre infernal.
Il tend une oreille ahurie,
Réfléchit, se rappelle et rit,

En se diguen que de Paris
Lous felibres, per sa vèsprado,
Hòu mandat la claco pagado.
Mais aquel es un goullamas,
Un paure innoucent que sap pas
Qu'à ventre sadoul tout agrado.
Be mai, es un marrit butor,
Un cap sens cervello, un proufano
Que coumpren pas tout l'estrambor
Qu'as gens d'esperit e de cor
Inspiro la lengo roumano.

Enterim que cadun legis
Ce qu'amb' un renoum dins l'històrio
I déu douna fourtuno, glòrio
E grands hounous, lou temps fougis ;
Adieu, fèstos ! L'ouro es tardieiro.
Lou coucou de la chiminieiro
Se mostro e canto miejo-neit.
Cadun penso à gagná soun leit.

En vegen la fèsto finido,
Lou frount de toutes s'assoumbris.
Sabiòu, pamens, que dins la vido
Tout, coumo un sounge, s'esvanis,

En se disant que de Paris
Les félibres, pour leur soirée,
Ont fait venir la claque payée.
Mais celui-là est un vaurien,
Un pauvre imbécile qui ne sait pas
Qu'à ventre plein tout agrée.
Bien plus, c'est un mauvais butor,
Une tête sans cervelle, un profane
Qui ne comprend pas tout l'enthousiasme
Qu'aux gens d'esprit et de cœur
Inspire la langue romane.

Pendant que chacun lit
Ce qui, avec un grand nom dans l'histoire,
Doit lui donner fortune, gloire
Et grands honneurs, le temps fuit;
Adieu, fêtes! l'heure est avancée.
Le coucou de la cheminée
Se montre et chante minuit.
Chacun pense à gagner son lit.

En voyant la fête finie,
Le front de tous s'assombrit.
Ils savaient, cependant, que dans la vie
Tout s'évanouit comme un songe,

E que, sus soun alo rapido,
Lou temps prend lèu plasés, grandous,
Glòrio dount nostro amo es avido,
Espèrs, bounurs, fèstos e flous.
Mais se la flou, quand es malcido,
Pèrd soun perfum am sas coulous,
Coumo l'amour e la jouvenso,
Las fèstos, al cor de cadun,
Laissou loungtemps un doùs perfum
Que s'apèlo la souvenenso
E que n'es coumo lou miral.

Après un adieu frairenal
Mandat à touto l'assistenso,
Un brave sarramen de man
A lous que partiròu deman,
Cadun, lou paltot sus l'esquino,
Daus sa demoro s'acamino,
E mai d'un penso, en s'en anen,
A ce que diró l'an que ven.
Antal se clauso uno vèsprado
Que jamai seró delembrado.

En lausen lou parla rouman
E des felibres la 'familho,

Et que, sur son aile rapide,
Le temps emporte plaisirs, grandeurs,
Gloire dont notre âme est avide,
Bonheurs, espoirs, fêtes et fleurs.
Mais si la fleur, quand elle est flétrie,
Perd son parfum avec ses couleurs,
Comme l'amour et la jeunesse,
Les fêtes, au cœur de chacun,
Laissent longtemps un doux parfum
Qui s'appelle le souvenir
Et qui en est comme le miroir.

Après un adieu fraternel
A toute l'assemblée,
Une bonne poignée de main
A ceux qui partiront demain,
Chacun, le paletot sur l'échine,
Vers sa demeure s'achemine,
Et plus d'un pense, en s'en allant,
A ce qu'il dira l'année prochaine.
Ainsi se clôt une soirée
Qui jamais ne sera oubliée.

En louant le langage roman
Et des félibres la famille,

Las gazetos diròu deman
Ce que s'es fach à la sesilho,
Ce que s'es manjat al soupá;
Vous ou diròu, sans vous troumpá.
Ieu n'ai countat que d'amusetos,
De badinados, de sournetos.
Sabès, Moussu, que i'èri pas,
E qu'aquelo bello dinnado
Qu'am tant de curo ai dessinnado,
M'es passado dejoust lou nas.
Hai assajat de me distraire,
De delembra per un moument
Un làgui que fo moun tourment.
Hai pas pouscut: mut ou charaire,
Toujour la douloú m'en reven.

Be mai, un regrèt m'asticoto:
Lous homes que vous hai moustrats
Groumans, tapajurs, alterats,
Coumo d'escoulans en riboto,
Sou d'homes pertout hounourats,
Homes de pas e de scienso,
Qu'à taulo coumo al cabinet
Fòu soun devèr en councienso.
Sans crento digàs-me tout net

Les gazettes diront demain
Ce qui s'est fait à la séance,
Ce qui a été servi au souper;
Elles vous le diront sans vous tromper.
Moi, je n'ai dit que choses pour rire,
Plaisanteries et sornettes.
Vous savez, Monsieur, que je n'y étais pas,
Et que ce beau festin
Que j'ai décrit avec tant de soin,
M'est passé sous le nez.
J'ai essayé de me distraire
Et d'oublier un moment
Un chagrin qui fait mon tourment.
Je ne l'ai pu: muet ou bavard,
Toujours la douleur m'en revient.

Bien plus, un remords me tourmente:
Ces hommes que je vous ai montrés
Gourmands, tapageurs, altérés,
Comme des écoliers en ribote,
Sont des hommes partout honorés,
Hommes de paix et de science,
Qui à table, comme dans leur cabinet,
Font leur devoir en conscience.
Sans crainte dites-moi tout net

Se cresès que i'ai fach injuro
E que poscou n'èstre marrits ;
Escafarai moun escrituro,
Delembrarés tout ce qu'ai dich,
E l'ouffenso antal ignourado
Seró mai qu'à miech reparado.

Tout acò, verai, es pla bèl ;
De lou qu'o bounur e jouvenso
Las fèstos de la Mantenenso
Gaudissou lou cor coumo l'èlh ;
Qu'aquel prengue sa mandoulino
E cante soun vote agradat.
Dempèi loungtemps dins ma peitrino
Lou floc terrèstre es atudat.
Uno autro vido es moun espèro ;
Moun amour nascut sus la terro,
Daus lou Ciel moun cor l'o mandat.
Ce que me fo triste es de veire,
Cado jour, lous qu'aimi lou mai
Me dire adieu e per jamai.
N'ai qu'un soulas, es lou de creire
Qu'amount un jour lous troubarai.

Coumo l'espigo joust la dalho,

Si vous croyez que je leur ai fait injure,
Et qu'ils puissent en être fâchés ;
J'effacerai ce que j'ai écrit,
Vous oublierez tout ce que j'ai dit,
Et l'offense ainsi ignorée
Sera plus qu'à demi réparée.

Tout cela vraiment est fort beau ;
De celui qui a bonheur et jeunesse
Les fêtes de la Maintenance
Réjouissent le cœur comme les yeux ;
Que celui-là prenne sa mandore
Et chante ses vœux agréés ;
Depuis lontemps dans ma poitrine
Le feu terrestre s'est éteint.
Une autre vie est mon espoir ;
Mon amour né sur la terre,
Vers le Ciel mon cœur l'a envoyé.
Ce qui me rend triste est de voir,
Chaque jour, ceux que j'aime le mieux
Me dire adieu et pour toujours.
Je n'ai qu'une consolation, c'est de croire
Qu'un jour, là-haut je les trouverai.

Comme l'épi sous la faucille,

Cad' an, joust la man del boun Dieus,
Quauqun des mieus toumbo an sa draio.
Atabé, res m'es agradieus,
Res me fo gaud e res envejo
De ce que lou mounde abaris.
Per que, moun Dieu! ce que flouris,
Tout ce qu'es bèl e beluguejo,
Ce qu'on aimo, tant lèu mouris?

Flou d'un mati d'hièr espelido,
Pauro neboudo anado al Cièl!
Tant fresco hièr e tant poulido,
Bèi dins la toumbo sepelido!
Morto à vingt ans! làgui crudèl!

Ero trop santo per la terro;
En la vejen puro coum' èro,
Per la faire urouso pulèu,
Amai, cal sap? jalous belèu
De veire que tant nous aimavo,
Lou bèl angèl que la gardavo
S'es virat daus elo agradieus,
L'o preso blanco sus soun alo
E l'o pourtado al se de Dieus.

Chaque année, sous la main de Dieu,
Quelqu'un des miens tombe en sa voie.
Aussi, rien ne me plait,
Rien ne me donne joie ou désir
De ce que le monde produit.
Pourquoi, mon Dieu ! ce qui fleurit,
Tout ce qui est beau et jette des étincelles,
Ce qu'on aime, meurt-il sitôt ?

Fleur d'un matin hier éclose,
Pauvre nièce montée au Ciel !
Si fraîche hier et si jolie,
Aujourd'hui dans la tombe ensevelie !
Morte à vingt ans ! chagrin cruel !

Elle était trop sainte pour la terre ;
En la voyant pure comme elle était,
Pour la faire heureuse plus tôt,
Même, qui sait ? jaloux peut-être
De voir qu'elle nous aimait tant,
Le bel ange qui la gardait
S'est tourné vers elle, gracieux,
L'a prise blanche sur son aile
Et l'a portée au sein de Dieu.

Pas pus de coupo frairenalo,
Pas pus de gaud, pus d'estrambord.
Laissas-me triste e soul, pecaire!
Rire e brindá n'es pas de faire
Quand on ho lou dol dins lou cor.

———

Oh! plus de coupe fraternelle,
Plus de joie, plus d'enthousiasme.
Laissez-moi triste et seul, hélas!
Rire et toaster n'est pas à faire
Quand on a le deuil dans le cœur.

CANSOU DE LA FÈSTO

Èr :

Sautem ! dansem ! bèi es la fèsto :
Ausis zinzouna lou vieuloun.
Anem ! Janeto, tèn-te prèsto !
Sautem ! dansem ! bèi es la fèsto ;
      Bèi es la fèsto,
Bèi es la fèsto de Margoun.

Met ta pus poulido teleto,
Tous falbalasses, tous rubans,
Ta cadèno d'or, ta janeto,
Ta raubo novo amb de voulans,
Toun coursage ournat de dentello,
Toun bounet que semblo un capèl,
Toun poulissoun... e seras bello
Coumo las damos del castèl.

Sautem ! dansem ! etc.

CHANSON DE LA FÊTE

Air :

Sautons ! dansons ! voici la fête :
Entends zinzonner le violon.
Allons, Jeannette, tiens-toi prête !
Sautons ! dansons ! voici la fête :
        Voici la fête,
Voici la fête de Margon.

Revêts ta plus belle toilette,
Tes falbalas et tes rubans,
Ta chaîne d'or et ta jeannette,
Ta robe neuve avec volants,
Ton corsage orné de dentelle,
Ton bonnet qui ressemble à un chapeau,
Ton polisson... tu seras belle
Comme les dames du château,

Sautons ! dansons ! etc.

A neit, auras ta serenado :
Joust ta fenèstro cantarai,
E saupras touto ma pensado,
Quand, ambé moun cor te dirai :
Ai ! que ieu t'aimi, ma poulido !
Se, per t'agradá, me calió
Douna ma fourtuno e ma vido,
Sans berguigná las dounarió.

Sautem ! dansem ! etc.

Pèi dansarem la farandolo,
Amb la musico e lou drapèu ;
Tu sautaras coumo uno folo,
En brandiguen un bèl flambèu,
E cridarem : Vivo la Franso !
Vivo la pas ! vivo Margoun !
Vivo l'amour ! vivo la danso !
La clarinetto am lou vieuloun !

Sautem ! dansem ! etc.

La jouinesso o fach, sus la plasso,
De verduro un bèl pavilhoun.
Aquì, sans jamai èstre lasso,
Valso, quadrillo e coutilhoun,
Dempèi lou vèspre fin qu'à l'aubo,

Cette nuit, tu auras ta sérénade :
Sous ta fenêtre je chanterai,
Et tu apprendras toute ma pensée,
Quand avec mon cœur je dirai :
Oh ! que je t'aime, ma jolie !
Si, pour te plaire, il me fallait
Donner ma fortune et ma vie,
Sans hésiter je les donnerais.

Sautons ! dansons ! etc.

Nous danserons la farandole
Avec la musique et le drapeau ;
Tu sauteras comme une folle
En agitant un beau flambeau,
Et nous crierons : Vive la France !
Vive la paix ! vive Margon !
Vive l'amour ! vivent la danse
La clarinette et le violon !

Sautons ! dansons ! etc.

La jeunesse a fait, sur la place,
De verdure un beau pavillon.
Là, sans jamais te sentir lasse,
Valse, quadrille et cotillon,
Depuis le soir jusques à l'aube,

Tres jours e tres neits dansaras.
Sans crento d'esquinsa ta raubo,
A cor-joio t'en dounaras.

Sautem ! dansem! etc.

Dirai que se jogue la modo,
E toutes en round sautarem;
Sourtirai prumiè de la rodo,
— Es lou drech del cap de jouven, —
E sus soun frount, sus sa gauteto
Fresco, flourado e poulideto,
Ma Janeto auro dous poutous,
Dous bèls poutounets d'amourous.

Sautem! dansem! etc.

Pèi anarem à la Gareno
Nous passeja sus l'hèrbo leno.
Fosso estrangiès s' i troubaròu
E toutes entr'eles diròu :
Qu'es aquelo filho tant bello,
Amb' aquel goujat fièr e drech?
N' i o pas cap, damo ou doumaisello,
Tant poulido dins nostr' endrech.

Sautem! dansem! etc.

Trois jours, trois nuits, tu danseras.
Sans craindre de déchirer ta robe,
A cœur-joie tu t'en donneras.

Sautons ! dansons ! etc.

J'ordonnerai qu'on joue la mode,
Et tous en rond nous sauterons ;
Je sortirai le premier de la ronde,
—C'est le droit du chef de la jeunesse, —
Et sur son front, sur sa petite joue,
Fraîche, fleurie et joliette,
Ma Jeannette aura deux baisers,
Deux beaux petits baisers d'amoureux.

Sautons ! dansons ! etc.

Puis nous irons à la Garenne
Nous promener sur le gazon.
Beaucoup d'étrangers y seront,
Et tous se diront l'un à l'autre :
Quelle est cette fille si belle
Avec ce garçon fier et droit ?
Il n'est point, dame ou demoiselle,
Aussi jolie dans notre endroit.

Sautons ! dansons! etc.

Sans escouta soun bavardage,
A-n-un cantoú pla souloumbrous,
Te menarai dins lou bouscage,
Pèi te dirai : Que sioi urous,
Soul ambé tu, moun amigueto !
Que sios bello ! e qu'anarió pla
Un poutounet sus ta bouqueto.
Me respoundras : Marrit coula !

Sautem ! dansem ! etc.

Sès un vilain ! Laissas m'estaire !
Ieu, sans crenta de te desplaire,
Costro moun cor te sarrarai.
Mais, quand ma bouco aproucharai,
Ambé ta man fineto e dousso
Me bailaras sus la frimousso
Un bèl carpan, un carpanas
Que me faró sanná lou nas.

Sautem ! dansem ! etc.

Aladoun, serai en coulèro
E te dirai : Masco ! vipèro !
S'avió pas pòu de te fa mal,
S'èro pas tu, quane gautal !
Sabés be, pamens, que ta maire

Sans écouter leur bavardage,
Dans un coin sombre et ombragé
Je te conduirai dans le bocage
Et je te dirai : Que je suis heureux,
Seul avec toi, ma petite amie !
Que tu es belle ! et qu'irait bien
Un petit baiser sur ta petite bouche.
Tu me répondras : Mauvais sujet !

Sautons ! dansons ! etc.

Vous êtes un vilain ! Laissez-moi tranquille !
Moi, sans crainte de te déplaire,
Sur mon cœur je te presserai.
Mais, quand ma bouche j'approcherai,
Avec ta petite main fine et douce
Tu me donneras sur le museau
Un beau soufflet, un gros soufflet
Qui me fera saigner le nez.

Sautons ! dansons ! etc.

Alors je serai en colère
Ei je te dirai : Perfide ! vipère !
Si je n'avais pas peur de te faire du mal,
Si tu n'étais pas toi, quel emplâtre !
Tu sais bien cependant que ta mère

M'o permés de te passéja.
— Saique atabé t'o dich, pecaire !
De toujour me poutouneja !

Sautem ! dansem ! etc.

— Paure inoucent ! vouliò pas creire
Lous que me disiòu : T'aimo pas.
Aro, toutes ou pourròu veire,
N'ai lou sinnet marcat al nas.
Filho sens cor qu'ai tant aimado,
Sens soun amour que iéu farai ?
M'engajarai dedins l'armado,
E, se podi, l'oublidarai.

Sautem ! dansem ! etc.

— Se t'ai fach mal, ne sioi fachado.
T'aimi pla mai qu'oun m'aimos tus...
As rasoú : vai, vai à l'armado,
A Janeto penses pas pus,
Oublido qu'èri ta proumeso.
Belèu, un jour, t'en souvendras ;
Seró trop tard, Dieu m'auro preso,
E d'ount serai on torno pas.

Sautem ! dansem ! etc.

M'a permis de te promener.
— Elle t'a dit peut-être aussi, mon pauvre !
De me baisoter sans cesse.

Sautons ! dansons ! etc.

— Pauvre imbécile ! je ne voulais pas croire
Ceux qui me disaient : Elle ne t'aime pas.
A présent tous pourront le voir,
J'en ai le seing écrit au nez.
Fille sans cœur que j'ai tant aimée,
Sans son amour que deviendrai-je ?
Je m'engagerai dans l'armée,
Et, si je peux, je l'oublierai.

Sautons ! dansons ! etc.

— Si je t'ai fait mal, j'en suis fâchée.
Je t'aime bien plus que tu ne m'aimes....
Tu as raison : va, va à l'armée,
A Jeannette ne pense plus,
Oublie que je fus ta promise.
Peut-être un jour tu t'en souviendras ;
Il sera trop tard, Dieu m'aura prise,
Et d'où je serai on ne revient pas.

Sautons ! dansons ! etc.

— Faguen la pas. M'as pla fach peno;
M'aimos dounc que per ma bèutat ?
— De fes me podi pas countene,
Mais t'aimi per ta bravetat.
Se sabios coumo trefoulissi,
Quand de toun amour lou perfum
M'embreigo ; bounur e suplici !
Voudriò que dous faguèssem qu'un.

Sautem! dansem! etc.

Couneissi, iéu, quicon qu'ameiso
E gueris lou cor de tout mal :
La prièro. Anem à la gleiso,
De vèspre tournarem al bal.
Davant l'autèl de Nostro-Damo
Toutes dous nous prousternarem,
E, toutes dous, del found de l'amo,
Ambé fervoú la pregarem.

Sautem! dansem ! etc.

I direm : Vierge dousso e bouno,
Reino del ciel, maire de Dieu,
Demandas-i, santo patrouno,
Que benesigue nostro unieu,
E qu'en amausen la vioulenso

— Faisons la paix. Tu m'as fait beaucoup de peine ;
Tu ne m'aimes donc que pour ma beauté ?
— Par moments je ne puis pas me contenir ;
Mais je t'aime pour ta vertu.
Si tu savais comme je tressaille,
Quand le parfum de ton amour
M'enivre ; bonheur et supplice !
Je voudrais que deux, nous ne fissions qu'un ! —

Sautons ! dansons ! etc.

Je connais, moi, quelque chose qui calme
Et guérit le cœur de tout mal :
La prière. Allons à l'église,
Ce soir nous reviendrons au bal.
Devant l'autel de Notre-Dame
Tous deux nous nous prosternerons
Et, tous deux, du fond de notre âme,
Avec ferveur nous la prierons.

Sautons ! dansons ! etc.

Nous lui dirons : Vierge douce et bonne,
Reine du ciel, mère de Dieu,
Demandez-lui, sainte patronne,
Qu'il bénisse notre union
Et qu'en apaisant la violence

De nostre cor cremat d'amour,
De nostro belado allienso,
Fague lèu lusì lou bèl jour.

Sautem ! dansem ! etc.

Pèi anarem à la soupado ;
I troubarem pioto, capous,
Lèbre, perdigals e croustado,
Vis rouges vièlhs e des milhous,
Clareto, muscat, alicanto,
Picopoul sec e vi grumous,
Tout ce que gaudis la garganto,
Tout ce que fo lou cor jouious.

Sautem ! dansem ! etc.

La fèsto, à neit, sera finido.
E n'avem qu'uno, aissi, cad' an.
Joio ! boun cor e bouno vido !
Sautem ! dansem fin qu'à deman !
De Janeto la cambo lèsto
Se pausèt qu'ambé lou vieuloun,
E l'aubo naissió quand la fèsto
Se clausèt sus un coutihoun.

Sautem ! dansem ! etc.

De notre cœur brûlé d'amour,
De notre alliance si désirée
Il fasse bientôt luire le beau jour.

Sautons ! dansons ! etc.

Puis nous irons au grand souper ;
Nous trouverons là dinde, chapons,
Lièvre, perdreaux, pâté,
Vins rouges vieux et des meilleurs,
Clairette, muscat, alicante,
Piquepoul sec et vin mousseux,
Tout ce qui réjouit le gosier,
Tout ce qui rend le cœur joyeux.

Sautons ! dansons ! etc.

Cette nuit, la fête sera finie
Et nous n'en avons qu'une, ici, chaque année.
Gaîté ! bon cœur et bonne vie !
Sautons ! dansons jusqu'à demain !
De Jeannette la jambe leste
Ne se reposa qu'avec le violon.
Et l'aube naissait quand la fête
Finit par un cotillon.

Sautons ! dansons ! etc.

De rubans à la boutounieiro,
Lous coumissàris, l'èlh courous,
Lou lendeman am sa panieiro
Decourado de bellos flous
E la musico, s'en anèrou,
Graciouses, d'oustal en oustal,
E prou de pessetos levèrou,
Per paga lous fraisses del bal.

Sautem! dansem! etc.

Un mes après, uno autro fèsto,
En baral metio tout Margoun.
Sa courouno novialo al frount,
Soun velo blanc que de la tèsto
I davalo fin qu'al ginoul,
Coumo un anjo Janeto es bello,
E de joio, Paul que la bèlo
Davant elo danso tout soul.

Sautem! dansem! bèi es la fèsto!
Per nautres jogo lou vieuloun.
Vèni, Janeto, se sios prèsto.
Sautem! dansem! es nostro fèsto.
       La belle fèsto!
La grando fèsto! Janetoun!

Des rubans à la boutonnière,
Les commissaires, l'œil riant,
Le lendemain, avec leur corbeille
Décorée de belles fleurs
Et la musique, allèrent,
Gracieux, de maison en maison,
Et assez de piécettes recueillirent
Pour payer les frais du bal.

Sautons! dansons! etc.

Un mois après, une autre fête
Mettait en mouvement tout Margon.
Sa couronne nuptiale au front,
Son voile blanc qui de la tête
Lui descend jusqu'au genou,
Jeannette est belle comme un ange,
Et de joie, Paul qui l'admire
Devant elle danse tout seul.

Sautons! dansons! c'est notre fête!
C'est pour nous que joue le violon.
Viens, Jeannette, si tu es prête.
Sautons! dansons! c'est notre fête.
      La belle fête!
La grande fête, Jeanneton!

A la coumuno lèu venguèrou,
Mais, l'*oï* respoundut, sourtiguèrou,
Sans se creire pla maridats;
Pèi, dins la gleizo aginoulhats,
Janeto qu'am soun cor pregavo,
Joust l'èlh de Dieu, davant l'autèl,
De Paul que de joio plouravo
Ambé bounur prenguèt l'anèl.

Sautem! dansem! etc.

Acò de Janeto, en familho,
I' agèt soupado e festenal.
Lous nòvis, al prumié quadrillo
Dansèrou per doubri lou bal;
Pèi tout d'un cop s'esvaliguèrou.
Ount'èrou passats? Devignas.
Vous dirai pas ce que faguèrou,
Per la rasoù qu'ou sabi pas.

Sautem! dansem! etc.

Aissi las lengos sou laugieiros;
Ambé l'esprit, coumo à Paris,
Lou cancan courris las carrieiros.
Tant i a qu'à Margoun, se dis

Bientôt à la mairie ils vinrent,
Mais, l'*oui* répondu, ils sortirent,
Sans se croire bien mariés ;
Puis, agenouillés dans l'église,
Jeannette, qui avec son cœur priait,
Sous l'œil de Dieu, devant l'autel,
De Paul qui pleurait de joie
Avec bonheur reçut l'anneau.

Sautons ! dansons ! etc.

Chez Jeannette, en famille,
Il y eut souper et grande fête.
Les nouveaux mariés, pour ouvrir le bal,
Dansèrent le premier quadrille ;
Puis tout à coup ils disparurent.
Ou étaient-ils passés ? Devinez.
Je ne vous dirai pas ce qu'ils firent,
Par la raison que je ne le sais pas.

Sautons ! dansons ! etc.

Ici les langues sont légères ;
Avec l'esprit, comme à Paris,
Le cancan court les rues.
Si bien qu'à Margon, il se dit

Que dempèi aquel jour, Janeto
De soun ome bèu lous poutous,
E, sus sa poulido bouqueto,
N'aimo mai quatre ou cinq que dous.

Sautem! dansem! béi es la fèsto!
Per nautres jogo lou vieuloun.
Vesi, ma migo, que sios prèsto;
Vèni! dansem! bèi es la fèsto,
        La bello fèsto!
La grando fèsto, Janetoun!

Que, depuis ce jour-là, Jeannette,
De son mari boit les baisers,
Et, sur sa jolie petite bouche,
Aime mieux en recevoir quatre ou cinq que deux

Sautons ! dansons ! c'est notre fête ;
C'est pour nous que le violon joue.
Je vois, ma mie, que tu es prête ;
Oh ! viens ! dansons ! c'est notre fête,
    La belle fête !
  La grande fête, Jeanneton !

A MOUN LIBROU

Paure librou! sios pichounet,
E tas gautetos sou pla pallos;
De pòu que t'apèlou nanet,
Te vau mettre sus las espallos
Dous ou tres fraires : aimo-lous
E d'eles siègues pas jalous.
Sou nascuts d'uno Francimando ;
Tu sios un efant del païs :
Acòs à ieu te recoumando.
E pèi, toujour lou cago-nis
Es lou preferat de soun paire.
Sou ni forts, ni gaire poulits :
Eri dejà vièlh quand sa maire
Lous ho, joust ma plumo, espelits,
E lous efans d'un vièlh, pecaire !
Naissou toujour anequelits.

A MON PETIT LIVRE

Mon pauvre livre ! tu es bien petit,
Et tes petites joues sont bien pâles ;
De peur qu'on t'appelle petit nain,
Je vais mettre sur tes épaules
Deux ou trois frères : aime-les
Et d'eux ne sois pas jaloux.
Ils sont nés d'une Française ;
Tu es un enfant du pays :
C'est, à mes yeux, une recommandation.
Et puis, toujours le dernier-né
Est le préféré de son père.
Ils ne sont ni forts, ni bien jolis :
J'étais déjà vieux, quand leur mère
Les a, sous ma plume, fait éclore,
Et les enfants d'un vieux, hélas !
Naissent toujours malingres et souffreteux.

Quelques Vers Français

POUR DONNER

UN PEU PLUS DE CORPS AU PETIT LIVRE

A MADEMOISELLE J. DE V.

———

Quand vous chantez, douce fauvette,
Vous qui savez si bien charmer,
Toute muse reste muette,
Nul rêveur ne songe à rimer.

Il pense à conserver sa tête,
Car il sent son cœur s'enflammer;
Pas n'est besoin d'être poëte,
Vif rossignol, pour vous aimer.

Des vers pour vous ? c'est trop facile.
Si ceux d'un trouvère inhabile
Pouvaient un jour vous émouvoir,

J'en sais un qui, matin et soir,
En ferait cent, en ferait mille,
Pour vous entendre et pour vous voir.

ÉPITHALAME

POUR LE MARIAGE DE MONSIEUR C. G. DE BUZAREINGUES
AVEC MADEMOISELLE ÉLISE LABORDE.

———

I

A nos vœux les destins propices
Du vingt-deux juin font un beau jour.
Jamais sous de plus doux auspices
L'Hymen n'a couronné l'Amour.

Quand l'œil de Charles s'illumine
Des rayons partis de son cœur,
D'Élise le front pur s'incline
Sous les traits de cet œil vainqueur.

Tandis qu'une étoile nouvelle
Se lève dans leur ciel d'azur,
Elle rêve ; à quoi pense-t-elle ?
A mes vers ? Oh ! non ! j'en suis sûr !

Peut-être à son blanc diadème,
A la fleur qui pare son sein,
A sa mère, au frère qu'elle aime
Et qu'elle quittera demain ;

Au vieux manoir de la famille,
Témoin de ses beaux jours passés ;
A ses rêves de jeune fille,
A ses vœux d'amour exaucés ;

Au sentiment qu'un doux mystère
A fait éclore dans son cœur ;
Aux devoirs d'épouse et de mère,
Bientôt sa gloire et son bonheur ;

Au beau passé qui se colore,
Sous ses yeux, des tons les plus doux ;
A l'avenir plus bel encore ?....
Buvons au bonheur des époux !

II

Demandons à Dieu qu'il leur donne
Tout ce que désire leur cœur ;
Un beau printemps, puis une automne
Où le fruit succède à la fleur.

Que, marchant unis dans la vie,
Ils en parcourent le chemin,
Le cœur joyeux, l'âme ravie,
Et toujours la main dans la main.

Que dans un an, plus tôt peut-être,
Sur un berceau penchés tous deux,
Ils contemplent un petit être,
Beau chérubin aux grands yeux bleus ;

Qu'après ce bébé d'autres viennent,
Tous charmants, beaux comme l'amour ;
Qu'ils grandissent et qu'ils deviennent
De leur maison la gloire, un jour.

Que par l'étude et la science
Ils dominent tous leurs rivaux ;
Et, grands par leur intelligence,
Deviennent grands par leurs travaux.

Qu'ils aient, ressemblant à leur père,
Avec un cœur plein de bonté,
La noblesse du caractère,
La droiture et la loyauté.

Que, les éclairant de ses flammes,
Dieu leur donne l'amour du bien,
Et mette surtout dans leurs âmes,
Toutes les vertus du chrétien !

III

Mais il faut une demoiselle ;
Du foyer, en toute saison,
Elle est la compagne fidèle
Et l'ange pur de la maison.

Je la vois grandir ; de sa mère
Elle a les grâces et l'esprit,
Les vertus et le don de plaire,
Tout ce qui charme et qu'on chérit.

Elle a vingt ans ; chacun l'admire,
Et plus d'un, poëte discret,
Pour elle, sans oser le dire,
Murmure des vers en secret.

Mais elle aussi devient rêveuse
Et son front s'incline à son tour,
Car une voix mystérieuse
Gazouille en elle un chant d'amour.

Bientôt, de jasmin couronnée,
Devant l'autel elle a dit oui.
Le prêtre a béni l'hyménée
Et nous chantons comme aujourd'hui.

Mais je sens que mes vœux m'entraînent.
Trop longtemps en nombreux couplets
Mes vers l'un à l'autre s'enchaînent,
Comme des grains de chapelets ;

Et ceux qui sont pressés de boire
Au bonheur futur des époux
Trouvent un peu long mon grimoire ;
Ils ont raison, arrêtons-nous.

IV

Mais non ; mon cœur insatiable
Veut encore adresser à Dieu
  Un dernier vœu :

Je demande qu'à cette table,
— Puisse mon désir insensé
  Être exaucé ! —

Dans cinquante ans on nous revoie
Tous réunis avec entrain,
  Le verre en main,

Jeunes et vieux, l'œil plein de joie,
Et que nos deux charmants époux,
  Aux yeux si doux,

Devenus grand-père et grand'-mère,
Pour célébrer l'anniversaire
De ce beau jour,
Boivent encore à leur amour !

Château de Pouzolles, 22 juin 1875.

LA PETITE MARTHE A SA MÈRE

LE JOUR DE SA FÊTE

———

Ce matin, mère douce et bonne,
En cueillant ce bouquet de fleurs,
Je priais ta sainte patronne
De te combler de ses faveurs.

Je lui disais : Vierge Marie,
Au bon Jésus qui t'aime tant,
Demande que mère chérie
Vive toujours, le cœur content.

Pour que ta mère soit heureuse,
Petite Marthe, et t'aime bien,
Sois douce, sage, studieuse,
M'a répondu l'ange gardien.

J'aime tant maman ; pour lui plaire,
Mon bon ange du Paradis,
Si je pouvais, je voudrais faire
Bien plus encor que tu ne dis.

15 août 1877.

M. AUGUSTE BALUFFE

A M. AUGUSTE DE MARGON

AUTEUR DES « MOMENTS PERDUS »

———

N'appelez pas moments perdus
Ces heures où la fantaisie
Retient vos esprits suspendus
Dans le ciel de la poésie.

Il est utile de rêver
Quand le doute répand son ombre :
Dieu, qui s'y connaît, fait lever
Les étoiles dans la nuit sombre.

Il est utile de chanter
Quand le mal impose silence :
L'homme pleure, et pour l'enchanter
L'hymne du rossignol s'élance.

C'est utile d'aimer encor :
Le poëte à l'âme divine
Doit ressembler aux genêts d'or
Qui sentent bon sur la colline.

O poëtes ! ne croyez pas
Que ce soit une chose vaine
De venir en aide, ici-bas,
A la pauvre existence humaine !

Vos rêves jettent des rayons,
Et dans nos ténèbres vous faites
Voler vos strophes, alcyons
Qui nous gardent dans les tempétes !

Traversez ce monde en rêvant
Et chantez pour qu'on vous écoute,
Comme des voix d'en haut qu'un vent
Porte au voyageur sur sa route !

Aimez ! Laissez autour de vous
Flotter les parfums de votre âme,
Pour que les cœurs devenus doux
Retournent à Dieu par la femme.

Secouez vos fronts inspirés,
Que le fardeau des pensers penche ;
Faites tomber les fruits sacrés,
Arbres divins, de votre branche !

Rêvez! chantez ! aimez toujours !
Car votre rêve solitaire
Devance l'aurore des jours
Au noir horizon de la terre ;

Car les chants calment les douleurs
Dans les cœurs vides d'espérance,
Et rendent quelquefois meilleurs
Les hommes qu'aigrit la souffrance ;

Car le poëte doit aimer
(C'est son destin et c'est sa tâche),
Comme la fleur doit embaumer
Sur l'âpre sol où Dieu l'attache.

Cette pièce de vers a été insérée dans la *Revue des Jeunes Poëtes,* n° du 1er juillet 1872.

RÉPONSE DE M. A. DE MARGON

A M. A. BALUFFE[1]

———

I

Oui, j'appelle moments perdus
Les heures où mes rêveries
Poursuivaient des ombres chéries,
Fantômes du ciel descendus ;

Les heures où j'ai sur la scène
Mis en lutte deux demi-dieux,
Et montré, mourant sur l'arène,
Un martyr au cœur glorieux ;

Celles encore où, de l'école
Réveillant les échos lointains,
J'ai dit la vie et les festins
D'une jeunesse à tête folle.

---

[1] Voir *Revue des Poëtes*, 1re année, 8e livre, pp. 113 et suiv.

Mais j'appelle moment aimé
L'heure douce où ta courtoisie
Dans le ciel de la poésie
Promène mon esprit charmé.

Oui, ta voix plaît à mon oreille,
Car ta muse, en sons inspirés,
Sur mon cœur meurtri qu'elle éveille
Verse à flots ses rayons dorés.

Tu l'as dit et je le répète,
Rêver, chanter, toujours aimer,
Voilà le destin du poëte...
Et sa gloire est de nous charmer.

II

Il doit rêver à son aurore,
Quand la nature ouvre son cœur ;
Quand, dans son âme vierge encore,
L'amour éclôt comme une fleur.

Plus austère et loin de la foule,
Il doit rêver dans l'âge mûr,
Quand la mer s'enfle et que la houle
Bouillonne sous un ciel obscur.

Prêtant l'oreille aux bruits du monde,
Né peut-être pour le sauver,
Quand la tourmente monte et gronde,
Vers Dieu son cœur doit s'élever ;

Quand la terre semble en souffrance
Et que sur ses flancs tourmentés
Peuples et rois épouvantés
Cherchent dans l'ombre une espérance ;

Lorsque le flambeau de la foi
S'obscurcit au sein des ténèbres,
Et que partout des cris funèbres
Répondent à des cris d'effroi ;

A lui de sonder le mystère
Qui trouble et divise les cœurs,
Et de régénérer la terre
En rendant les hommes meilleurs.

III

Quand le blasphème et la menace
Sèment l'épouvante en tout lieu,
Et que l'homme, dans son audace,
A dit : Je détrônerai Dieu,

Dominant le bruit des tempêtes,
Sa voix dans l'air doit retentir,
Et, comme la voix des prophètes,
Crier aux peuples : Repentir !

Le repentir et la prière
Peuvent seuls fléchir l'Éternel,
Et, nous ramenant la lumière,
Nous rouvrir les portes du ciel.

Ah ! pour que Dieu sauve la France,
Nous qui croyons, prosternons-nous !
La foi ranime l'espérance.
Qui croit, pleure et prie, est absous.

IV

Ainsi donc, le poëte rêve,
Le front incliné vers le sol ;
Puis il chante, et sa voix s'élève
Comme l'hymne du rossignol.

Mais d'où vient que son cœur palpite,
Que son visage est radieux ?
D'où vient la fièvre qui l'agite ?
Pourquoi des éclairs dans ses yeux ?

C'est que le poëte a dans l'âme
Un rayon de l'amour divin,
Une étincelle de la flamme
Qui dans les cieux brûle sans fin.

S'il rêve et chante, c'est qu'il aime :
Tous les amours sont dans son cœur,
Et chacun d'eux est un poëme,
Un chant de joie ou de douleur.

Il aime son Dieu, sa patrie,
La vertu, l'honneur, la beauté,
Et cette ombre illustre et flétrie
Qu'on appelle la liberté ;

Tous les parfums de la nature,
Tous ce qu'il voit grand, noble et beau,
L'eau qui gronde et l'eau qui murmure,
Le lys qui croît sur un tombeau ;

Le trouble qui naît dans son âme,
Le rayon qui dans l'ombre a lui,
Et, pour l'éternité, la femme
Que Dieu fit aimante pour lui.

V

Rêve donc, poëte, aime et chante,
Accomplis ton sort glorieux,
Et que ta voix grave ou touchante
S'élève pure vers les cieux !

Épanche sur ta bien-aimée
Tous les doux trésors de ton cœur.
Fortune et gloire sont fumée :
L'amour seul donne le bonheur.

TAULO

LAS FÈSTOS DEL FELIBRIGE

QUELQUES VERS FRANÇAIS

Montpellier, Imprimerie centrale du Midi.

www.ingramcontent.com/pod-product-compliance
Lightning Source LLC
Chambersburg PA
CBHW051525050726

47503CB00014B/1816